Böse Schafe

Katja Lange-Müller

Böse Schafe

Roman

Kiepenheuer & Witsch

Dieses Buch wurde mit einem Stipendium vom
Deutschen Literaturfonds Darmstadt gefördert.

3. Auflage 2007

Umschlaggestaltung: Rudi Linn, Köln
Umschlagmotiv: © Rudi Linn, Köln
Autorenfoto: © Isolde Ohlbaum
Gesetzt aus der Stempel Garamond
Satz: hanseatenSatz-bremen, Bremen
Druck und Bindearbeiten: GGP Media GmbH, Pößneck
ISBN 978-3-462-03914-6

»Stehaufmännchen,
Stehaufmännchen,
zeig mal deine Beine«

(aus dem Japanischen;
Verfasser unbekannt)

I

Wir liegen auf den beiden Matratzen, nicht Seite an Seite, dennoch Kopf an Kopf. Die Arterie über deinem Schläfenbein pulst gegen meine Wange. Dein Haar berührt meine Nase, doch es kitzelt nicht, riecht bloß – nach Shampoo und nach dir. Seit Minuten oder Stunden bewegen wir uns kaum, sagen nichts, atmen flach. Deine Augen sind geschlossen, meine schauen hoch zum offenen Fenster, in dem sich nichts zeigt als ein Stück des wolkenlosen, weder hellen noch dunklen Himmels. Und wollte ich mich überhaupt etwas fragen, dann nur, ob der Morgen herandämmert oder der Abend. Ich fühle mich weder müde noch wach, weder schwer noch leicht, muß weder rauchen noch essen, noch trinken, noch zum Klo. Ich habe nicht das Bedürfnis nach Distanz, aber auch keine Lust, dich zu umarmen. Ich bin frei, nicht *zu*, sondern *von* allem, und trotzdem nicht einsam ...

Dieser Film läuft, sobald ich an dich, an uns denke. Ich sehe ihn und gleichzeitig mich darin vorkommen (mitspielen wäre wohl das falsche Wort), nicht als die Frau, die ich jetzt bin, sondern so, wie ich vor vielen Jahren war: jünger, schöner und meistens neben dir.

Ich kann den schon ein wenig verblichenen und zerkratzten Film nicht zurückspulen, nur beschleunigen oder strecken, Sequenzen, die mir gefallen, anhalten, bis sich der ganze Spuk auflöst, weil das Telefon wieder klingelt oder der Postbote oder weil ich, von keiner weiteren

Störung behelligt, das heute nähere, morgen fernere Ufer des Schlafs erreicht habe.

Je länger der Film dauert, um so ereignisloser wird er; und vielleicht ist der Vergleich mit einem stotternd abgespulten Kino- oder Fernsehfilm nicht der beste, vielleicht gehören diese Bilder, die mir eins nach dem anderen über die Netzhäute flimmern, ja eher zu einer Serie nicht sehr scharfer, auch deshalb einander ähnlicher Diapositive, deren unwillkürliche, nie identische Reihenfolge von meinen Wimpernschlägen abhängt, davon, wann und wie oft sich meine Augen schließen, öffnen, schließen … Das fenstergroße Stück Dämmerungshimmel ohne Wolken und Gestirne, die signalrot bezogenen Matratzen im Hintergrund meines Zimmers, unsere ruhenden Körper, wir auf den Straßen Berlins, du bei Joe, ich vor einer Kiste alten Krempels …, nur mehr die Kraft meines Vorstellungsvermögens erzeugt jedes einzelne dieser Bilder und alle zusammen, was die Filmmetapher ebenso rechtfertigte wie die von der Diaserie, wäre da nicht noch der Geruch deines Haars, die klebrige Wärme deiner Schläfe und meiner Wange, unser asynchrones Atmen und die Freiheit verheißende Bedürfnislosigkeit, die ich empfand und immer wieder erneut empfinde, die ich, seit ich sie zum ersten Mal erlebte, Glück nenne, ein betörend undramatisches Glück, das zu mir zurückkehrt, mit jeder Erinnerung daran.

Hätte ich mich, als unser Film in Echtzeit lief, als wir zu fotografieren gewesen *wären*, nach *deinen* Empfindungen erkundigen sollen, obwohl du meist so tatest, als gingen die nicht einmal dich etwas an? Konntest du deine Gefühle überhaupt zur Sprache bringen? Oder fandest du es nur bequemer, Derartiges physisch auszudrücken, mit Blicken, Gesichtsregungen, Gebärden – und manchmal mit dem Schwanz? Habe ich je gewagt, dich zu fragen, was hinter deiner stolzen Eisbärmiene, deinem abwesenden Gleichmut, deinen seltenen Aktionismus- oder Liebesanfällen steckte? Wenn ich das wissen wollte, und ich wollte oft genug, maskierte ich den entsprechenden Satz als den angeblich typischsten aller einfachen Frauenfragesätze: Was denkst du? Deine noch sparsamere und klassisch männliche Antwort lautete fast immer: »Nichts.« Oder: »Nichts Bestimmtes.«

Sicher, zu den Mitteilungsbedürftigen gehörtest du nicht, warst schweigsam und, was noch wichtiger ist, verschwiegen. Du hieltest es – in deinen besseren Momenten – mit den Stich- und Schlagwörtern, den pointierten Sprüchen, aber du hast gerne gelesen, Fantasyromane, die dicksten, die sich auftreiben ließen. Dir ging das Wort eben leichter ins Auge und von der Hand als über die Lippen; du hattest Schriftsetzer gelernt, wie ich.

»Gestern abend habe ich mir zum ersten Mal seit einer Ewigkeit wieder einen Schleck auf den Schnabel getan. Es ist wunderbar, frei zu sein, und die Sonne so warm. Aber das Hobby muß ich weiter bleibenlassen, ganz konsequent. Auf dem Plan steht: Kohle besorgen, Karate machen, eigene Bude suchen.«

9

Du fragst dich, warum ich dir zitiere, was du doch selbst geschrieben hast? Weil das Schulheft mit deinen undatierten Eintragungen, das ich während all der Zeit, die wir miteinander verbrachten, nie bei dir gesehen habe, damals mir zufiel und ich nicht weiß, ob – und wenn ja, wie gut – du dich erinnerst an deine genau neunundachtzig Sätze, in denen mein Name nicht auftaucht und die ich dir dennoch oder gerade deshalb wiederholen werde, nicht chronologisch, aber Wort für Wort, bis zum Ende unserer Geschichte.

Ach, Harry, wäre dieses Heft bei jemand anderem gelandet und der neugierig genug gewesen, es auch zu lesen, er hätte nicht einmal ahnen können, daß es mich in deinem Leben, das meines war und ist, jemals gab.

II

Daß wir uns begegneten, war Zufall. Was sonst? Vielleicht ja doch so was wie Schicksal, denn wir hätten uns ebensogut verpassen können. An dem Tag, da wir einander über den Weg liefen, warst du nicht allein, und ich war noch keine zwölf Monate fort von dort, wo ich aufgewachsen und bis zu meinem neununddreißigsten Jahr geblieben war.

Auch an die Szenen jenes siebzehnten April 1987, die mich und – zumindest für die ersten Stunden – vielleicht sogar dich betrafen, kann ich mich jederzeit erinnern; und im Unterschied zu den Film- oder Diabildern von der Matratzenidylle werden diese Szenen von Mal zu Mal klarer und detaillierter und stehen mir gerade jetzt beinahe textgenau vor Augen, so, als wären sie nicht geschehen, sondern erfunden, das Resultat meiner von mächtiger Sehnsucht befehligten Phantasie:

Die U-Bahn hatte gehalten über dem Nollendorfplatz, ich war ausgestiegen und freute mich einmal mehr an der mir zu Füßen liegenden, von Dönerbuden, Cafés, Ramschläden und Blumenständen gesäumten, fast menschenleeren Weite, auch darüber, daß ich am Vortag nur mein Kleingeld samt dem billigen Portemonnaie verloren hatte, aber nicht das Dokument, das einen über das Aufnahmelager Marienfelde eingereisten DDR-Flüchtling berechtigte, ein ganzes Jahr lang kostenlos sämtliche öffentlichen Verkehrsmittel zu benutzen. Die Frühlingssonne stand hoch am Himmel und warf gleißend helles, nahezu weißes Licht hinab auf den

Platz, der nach dem Tauwetter, dem jedoch kein Regen gefolgt war, ebenso unschuldig wie heruntergekommen wirkte; ich sehe auch noch dieses Kind, ein schmächtiges Mädchen in einem neongrünen Anorak, das mir von links ins Blickfeld lief, seinen Turnbeutel hinter sich herschleifte und offenbar keinen Spaß am Schuleschwänzen hatte.

Ich griff mir vom Sims neben dem Kiosk eine zerknitterte »Bingo-BZ« mit gültigem Datum, die ihr voriger Besitzer, wohl weil es ihm gegen den Strich gegangen wäre, etwas Bezahltes und noch Brauchbares einfach wegzuschmeißen, dort abgelegt hatte – für jemanden wie mich, denn ich las damals gern die Klatsch- und Gruselgeschichten, die in schmalen Spalten unter den knalligen und manchmal sehr komischen Schlagzeilen standen.

Die Zeitung überfliegend, eine Zigarette zwischen den Lippen, steuerte ich mein eigentliches Ziel an, die Badewanne in der Wohnung eines aus dem Bayrischen zugewanderten Sozialarbeiters, den ich mochte – da kamt ihr um die Ecke geschossen, du und dein Kumpel. Ihr benahmt euch seltsam, ausgelassen, ja übergeschnappt: wie zwei Kettenhunde, die sich losgerissen, aber erst eine Nacht unter fremden Fenstern geschlafen und noch nicht wieder den ganz großen Hunger haben; und doch deutet das Glitzern in ihren Pupillen, diese Tollheit, mit der sie einander bei Laune halten, schon darauf hin, daß sie den Preis der Freiheit bald kennen und bezahlen würden.

Schöne Männer wart ihr, alle beide, du blauäugig, bleich, aschblond, der neben dir oliv, mit braunem Kraushaar, Sonnenbrille, kleinem Silberohrring. Und dafür, daß die

Sweatshirts, die sich über euren breiten Schultern spannten, wahrscheinlich aus dem Kleiderfundus der Arbeiterwohlfahrt stammten, hatte ich damals noch nicht den Blick.

Ich muß euch, obwohl ich nicht geschminkt war und mein kräftiger Leib in der Sorte Kleid steckte, die bezeichnenderweise Hänger heißt, ebenso aufgefallen sein wie ihr mir, denn ihr bliebt stehen, du zu meiner Linken, der andere zu meiner Rechten.

»Na, Mausepuppe, wohin geht's?« sagtest du – so schleppend deutlich, daß ich einen Moment lang dachte, du hättest schon drei, vier Biere getrunken. Aber in deinem Atem, den ich riechen konnte, weil sich dein Gesicht, während du sprachst, meinem näherte, war nichts säuerlich Alkoholisches, dafür etwas, wovon ich Appetit auf Kakao bekam. Ich weiß nicht mehr, was ich dir zur Antwort gab, doch das Wort Mausepuppe verfehlte seine Wirkung nicht, zumal es mich darauf brachte, daß du, trotz deiner irritierend langsamen, um saubere Artikulation bemühten Ausdrucksweise, nur ein Berliner sein konntest, aber keiner, dem der Schnabel im Osten gewachsen war. Einem so jungen und zudem klischeegemäß gewitzten Lands- oder richtiger Stadtsmann war ich bis zu jenem Tag, an dem ich euch in die Arme lief, auf dieser Seite der Mauer noch nicht begegnet. Die wenigen Menschen, die ich während der Monate nach Marienfelde näher kennengelernt hatte, stammten – wie der Bayer mit der Badewanne – aus dem Süden Deutschlands und betrachteten die *Selbständige politische Einheit* als eine Art Zwischenlager, in dem man studieren und so den »Ruf zum Bund«, »zur Fahne«, wie wir »von drüben« sagten, ganz legal ignorieren konnte. Es hat eine Weile gedauert, bis ich begriff, daß sich diese anderen nicht wesentlich von mir »Exzoni« unterschieden, daß auch sie vor etwas geflohen waren, ja, daß all die hierher abgehauenen Nord-, Süd-, West- und Ostdeutschen samt den Türken, Italienern, Griechen, Chinesen, Franzosen, Amerikanern ... etwa die Hälfte der Bevölkerung jenes Teils meiner Stadt stellten, in dem ich nicht geboren wurde.

Auf das Schmutztitelblatt des ersten Buches, das ich mir als Raubdruck vom ersten neuen Geld in einer Kneipe gekauft hatte, Anfang Dezember 1986, schrieb ich:

Seit ich, die Topographie des Ostteils im Gedächtnis, durch den Westteil Berlins laufe, weiß ich, diese Stadt ist tatsächlich *eine;* die auf beiden Seiten übriggebliebenen Häuser ähneln einander ebenso wie die nach dem Krieg hinzugekommenen. Berlin, Ost und West, erinnert mich an ein Verlegenheitsgeschenk, eine Schachtel Kaufhauskonfekt, die dann wochenlang unbeachtet herumsteht, weil ihr Inhalt nicht besonders schmackhaft (hier würden sie sagen »lecker«) ist. In den Mulden des Plastikreliefs hocken, graubeschlagen oder angeknabbert und freudlos zurückgelegt, rechts die nackten Pralinees und links die golden eingewickelten, die, aus der Folie geschält, den anderen gleichen – haargenau, könnte man sagen, wenn Pralinen Haare hätten.

Und auf einem Kalenderblatt vom vierzehnten März 1987, das als Lesezeichen in eben jenem Buch lag, hatte ich noch die folgenden zwei Sätze notiert:

Ich laufe umher, sehe Menschen und denke: der und der und die und die ..., wie ich kamen sie irgendwann hier an, um gleich weiter- oder wieder abzureisen, spätestens mit dem letzten Zug. Aber alle Züge waren längst weg, und der letzte ist nie losgefahren; seither sind wir auf dem Bahnhof unterwegs, und der heißt Westberlin-*Zoologischer Garten.*

»Ich Harry, das Benno«, sagtest du, einen Knicks, keinen Diener andeutend. Und ich bin Soja, ergänzte ich – ziemlich unwillig, weil ich befürchtete, nun würde, wie beinahe jedesmal, wenn ich mich hier im Westen jemandem vorstellte, gleich wieder das große Kichern ausbrechen. – »Soja? Ach, und wie weiter? Bohne oder Soße?!« Nur einmal versuchte ich daraufhin zu erklären, daß nicht ich für meinen Vornamen verantwortlich sei, sondern meine Mutter, denn sie habe, auch und gerade »in den schweren Stunden« ihrer »ersten Niederkunft«, an ihr Idol denken müssen, »die von den deutschen Faschisten hingerichtete Partisanin Soja Kosmodemjanskaja«, die mir als »Leitstern den Lebensweg beleuchten« sollte – und noch größere Heiterkeit schlug mir entgegen.

Ihr aber lachtet nicht mehr als zuvor. »Und, Soja«, sagtest du, »was ist? Wollen wir einen Kakao trinken gehen?«

Der Blick, mit dem ich deinen erwiderte, muß dir gezeigt haben, wie ertappt ich mich fühlte. Woher wußtest du, welche Assoziation der Geruch deines Atems in mir ausgelöst hatte? Euer dreister Auftritt hatte mich ohnehin verunsichert, doch daß einer meine Gedanken las, das fand ich nun wirklich unheimlich, aber auch erregend, zumal du dieser eine warst. Ich flatterte mit den Armen, als könnte ich so die Erde verlassen oder euch wenigstens auf diese schüchterne Art den Vogel zeigen. Etwas zog mich hin zu dir, und gleichzeitig warnte mich etwas anderes: kleinliche Herzensträgheit, die allerdings auf Erfahrung basierte. Waren nicht, wie meine Oma einmal gesagt hatte, die meisten Abenteuer am Ende bloß teure Abende?! Außerdem erwartete mich Christophs Badewanne; ich fühlte mich ja gar nicht frisch genug für das vage Verlangen, das mich ergreifen und dir an den Hals werfen wollte. Oder kroch es durch den Bauchnabel in mich hinein – wie ein Gas, das sich hinter meinem Zwerchfell sammelte und ausdehnte und schon anfing, mir die Stimmung zu heben?

Nein, sagte ich, geht nicht. Werde erwartet.

»Okay«, meinte deine Gesellschaft, die bislang noch nicht das Wort gehabt hatte, offensichtlich erleichtert – und packte dich am Ärmel, so derb, daß der mürbe Trikotstoff tatsächlich eine Art Klagelaut von sich gab, denn du bliebst stehen, wolltest dich ebensowenig fortziehen lassen, wie ich dies wollte. Dennoch tat ich das, wozu meine miteinander im Streit liegenden Empfindungen mich nötigten; ich begann zu laufen, mit verdrehtem Kopf, ohne den Blick von dir zu wenden, und schrie dich an: Vielleicht später.

Da machtest du dich los, daß dein Ärmel riß wie Papier, ranntest mir nach, holtest mich ein. »Gut, Punkt drei Uhr, genau hier«, sagtest du scharf, fast drohend, und hörtest erst auf, mich zu verfolgen, als ich, weil ich schon eine Passantin angerempelt hatte, beschloß, jetzt doch lieber wieder nach vorne zu schauen.

III

Christoph, den mit der Badewanne, einer außergewöhn-lich großen, hatte ich Ende Januar kennengelernt, im Lokal gewordenen Wunschtraum einer jeden Ostfrau, dem *Malibu* am Winterfeldplatz, dessen Boden knöchelhoch mit feinstem weißen Strandsand bestreut war. Zwischen den Tischen standen künstliche Palmen und echte, vom Zigarettenqualm und aus Mangel an Sonnenlicht halb verwelkte Ficus-benjamina-Bäumchen. Pinkfarbene, zu riesigen Flamingos geformte Neonröhren zogen sich über die schwarzen Wände hin, und von der Decke hingen Kugellampen, die ein diffuses blaues Licht gaben. Vor allem dieses Blaulichts wegen besuchte ich das Lokal ganz gerne, denn es bewirkte, daß die Hamburger, Spareribs und Folienkartoffeln, die man dort bestellen konnte, erbärmlich fad aussahen. Und so aß ich nie mehr davon, als unbedingt nötig war, damit mich die sehr kleinen Cocktails, die dafür aber nur die Hälfte des sonst Üblichen kosteten, nicht im Handumdrehen zulöteten.

Christoph hatte sich mir gegenüber niedergelassen, weil alle anderen Plätze besetzt waren. Etwa eine halbe Stunde lang verrenkte er sich fast den Hals, spähte an den ein- und ausströmenden Menschen vorbei zur Tür und leerte nebenher blitzartig die Karaffe Roséwein, die ihm gebracht worden war, ohne daß er sie hatte bestellen müssen. Als die erwartete Person, eine gewisse Adrienne, wie sich bald herausstellte, nicht erschien, drosch Christoph, dessen hübsches Gesicht vom hastigen Trinken und womöglich auch vor Zorn rot angelaufen war, eine Börse aus speckigem Leder neben sein Glas, erhob sich, wand sich suchend um die eigene Achse – wie eine Raupe, die das Ende des Grashalms erreicht hat und nicht mehr weiterweiß; doch die dürre, immer gehetzt dreinschauende Serviererin war nirgends zu sehen.

Erbstück, fragte ich laut und legte meine Finger auf das Portemonnaie. Aber Christoph grabschte nicht etwa ängstlich nach seinem Eigentum, sondern antwortete grinsend, als hätte ich ihn von Üblerem als Geld befreien wollen: »Nein, *noch* nicht, noch bin ich ja am Leben.«

Er setzte sich wieder, winkte, kaum daß die Toilettentür hinter ihr zugeschlagen war, die Serviererin herbei, fragte, ob er mich einladen dürfe, zu was auch immer, orderte für sich die nächste Karaffe Rosé und sprach: »Angenehm, ich bin der Bayer Christoph Meier.«

Ich sagte ihm, wer ich sei und wo ich herkäme, und dann wunderten wir uns ein wenig und ganz so, wie unsere Rollen es verlangten, er sich, weil ich keinen Wodka mochte, ich mich darüber, daß er sich an diesen komischen hellroten Wein hielt, obwohl sie hier ein berühmtes Münchner Bier zapften. Christoph outete sich als Augsburger, der »in der Nähe von Brechts Elternhaus« aufgewachsen und vor sechs Jahren nach Berlin gekommen sei, um Pädagogik zu studieren. Doch das habe ihn bald »angeödet«, auch weil er »nicht ernsthaft« daran denke, »einmal Kinder zu dressieren«. Jetzt bringe er sich ein bißchen ein in ein Jugendprojekt namens *Pumpe* und mache am Wochenende einen Job, der ihm wiederum ein bißchen was einbringe.

»Und du? Welcher Teufel hat dich geritten, der DDR

den Rücken zu kehren?« Christoph war so taktlos nicht, mich, wie es schon mancher getan hatte, des »Verrats an der Sache des Sozialismus« zu bezichtigen. (Was mich nur mäßig kränkte; denn so, wie wir von einer Alternative geträumt hatten, gestand ich euch die umgekehrte Illusion zu.) Statt dessen bot er mir an, ihn gelegentlich, wenn er Wichtigeres erledigen oder mal wieder seine Mutter besuchen müsse, bei dem Wochenendjob zu vertreten, und sehr viel später, als wir das Malibu schwankend verließen, auch seine Badewanne. »Hier«, lallte Christoph, »hier is a Schlüssel zu unsrer WG. Den hatte ich für Adrienne dabei, doch die scheint ihn ja nicht mehr zu wollen. Kannst kommen, wann du magst. Wir verlassen meist früh das Haus und sind viel unterwegs oder bei unseren Freundinnen.«

Christophs Faust knuffte lasch meine Schulter; seinem Mund entwich noch ein »Tschau«, das wie Miau klang, dann drehte er sich weg und schritt davon, etwas steif- und breitbeinig, wie ein trauriger, aber stolzer Mann eben so geht, kurz vor dem Ende der Nacht.

Als die ihn verschluckt hatte, lief auch ich los, Richtung Tiergarten, den Schlüssel in meiner Hand wärmend.

Lieber hätte ich Christoph mitgenommen und viel lieber ihn zu sich begleitet, schon wegen der Badewanne. Doch seit ich unter ihnen lebte, war es mir nicht mehr gelungen, einen dieser Westmänner aus halbwegs sortierten Verhältnissen für mich zu gewinnen. Sicher, ich war nichts Besonderes, aber ich konnte lange Beine vorzeigen, reine Haut, einen vollen Busen und Mund. Früher im Osten, als ich noch den Exotenbonus hatte und der Gast die Freiheit, zu bestimmen über das Maß von Nähe

19

und Distanz, waren einige dieser Gäste jedenfalls weniger wählerisch gewesen. Zwei Studenten der politischen Wissenschaften, aus Marburg der eine, der andere aus Bremen, hatten nacheinander, »mit Hilfe« meiner »Zuneigung«, wie der Bremer es ausgedrückt hatte, die »erotischen Unterschiede« zwischen ihren »Bräuten« und denen im Osten »empirisch überprüft«. Auch an einen Heidelberger Zahnmediziner kann ich mich ziemlich gut erinnern – und an den vasektomierten amerikanischen Germanistikstudenten, der beim Anblick meines Ofens derart in freudige Erregung geriet, daß er, während seine Zehen die heißen Kacheln betasteten, wieder und wieder »oh, it's crazy« rief. Dabei hatte mancher Mann, der neben mir oder in den übrigen Regionen unseres Ländchens aufgewachsen war, meine unkomplizierte, nicht nach fester Bindung strebende Art durchaus geschätzt; zumal sich Ostmänner bei den wirklich Schönen eher unsicher fühlten, denn die wollten, wie es hieß, »erobert und so oder so unterhalten werden«.

Und nun? Ich gab mir alle Mühe, meine nicht eben zahlreichen Reize hervorzuheben, mit Lippenstift, Netzstrümpfen, schicken BHs unter dünnen Blusen. Aber es lief, obschon ich mich manchen Abend an der gelangweilten Herumhockerei in den Kneipen beteiligte, nichts; nichts als gelegentlich gönnerhaftes oder kritisch belehrendes Interesse an den – auch noch reichlich unspektakulären – Umständen meiner »weichen Landung« auf dem »Planeten des real existierenden Kapitalismus im Sonnensystem Deuropa«, zu der mir Christoph bei unserem ersten Gelage im Malibu gratuliert hatte. Und trotz des beifälligen Lächelns, mit dem ich die fade polemische Replik quittiert hatte, wußte ich über solche wie Christoph doch schon so viel, daß ich mich fragte, ob dieser Wortwitz tatsächlich auf seinem Mist gewachsen war oder auf dem eines *Titanic*-Redakteurs.

Es war, als seien diese freundlichen, für das ungeübte Auge sehr lässig wirkenden jungen Männer, deren erlesene »Dresscodes« ich entschlüsseln lernte, noch ehe ich wußte, was genau damit gemeint ist, in Klarsichtfolie gewickelt. Ich konnte ihren Blicken folgen, zu ihnen sprechen, sie antworten und atmen hören, aber wirklich berühren konnte ich sie nicht. Das spürte ich, sobald ich meine Hand auf eine dieser Männerhände legte und versuchte, sie eine Weile dort zu lassen. Es fühlte sich an, als seien ihre gepflegten, sehnigen Hände, aus denen sich markant die Adern hervorwölbten, wiewohl sie Wärme abgaben, taub. Oder waren es meine Fingerkuppen? Auch die Männer schienen diese Blockaden zu bemerken, denn sie zogen, meist beiläufig, ja, behutsam, ihre jeweilige Hand weg, während meine noch Kontakt wollte, mein Nervensystem noch darauf wartete, daß etwas geschah, daß es womöglich meinen Pulsschlag beschleunigen, meine Betriebstemperatur erhöhen und meinen Geruchssinn schärfen müßte.

Wie ferngesteuert erreichte ich die Pallas-Athene-Straße 12, öffnete die Tür zu der Fünfzimmerwohnung im vierten Stock des zweiten Hinterhofs, die sich Christoph mit drei Freunden teilte, und dann, bis zum Anschlag, den breitmäuligen Messinghahn, aus dem das Wasser in disproportional dünnem, unregelmäßigem

21

Strahl hinunterrann auf den Grund der tiefen, sanft ge-
rundeten Badewanne, die mich jedesmal an die Kran-
kenhaus-Nachttöpfe aus meiner Zeit als Hilfspflegerin
erinnerte, nicht nur der Form und des Geräusches wegen, sondern auch, weil sie bestenfalls zu einem Drittel
gefüllt war, wenn sich der – zum Glück über dem Fu-
ßende hängende – schrottreife Dreißig-Liter-Gasboiler
nach einer knappen Stunde endlich entleert hatte. Meistens nutzte ich diese Stunde, um mich für das Privileg
zu revanchieren, spülte Geschirr, bügelte Hemden oder
bereitete die Suppe vor, die ich nach dem Baden gerne
kochte, schön langsam; es konnte ja sein, daß Christoph
ausnahmsweise mal vor Mitternacht heimkehrte oder
wenigstens einer seiner Wohngenossen Anton, Sven und
Bruce.

Doch an jenem Freitag legte ich unverzüglich meine
Sachen ab und mich fröstelnd auf den rostfleckigen Wan-
nenboden. Aber nicht so, daß der feine, dafür aus be-
trächtlicher Höhe hinabstürzende Wasserstrahl die leicht
manipulierbare Stelle zwischen meinen Beinen traf, denn
beinahe mehr als den mechanisch herbeigeführten Orgasmus, den ich mir sonst immer gönnte, genoß ich es, in
Eile zu sein.

Kaum richtig trockengerubbelt, setzte ich mich nackt
an den Küchentisch, frisierte und schminkte mich vor einem Klappspiegel, den ich im Bad entdeckt hatte – und
dorthin zurückzubringen vergaß, weil ich nervös war, so
sehr, daß mir der Lidstrich mißriet und mein flüchtig ge-
fönter, toupierter, hochgesteckter, von zuviel Haarspray
klebrig-steifer Schopf aussah wie ein aufgeplatzter Pol-
sterstuhl, ein gefrorener Ameisenhaufen, ein verlassenes

Krähennest ... Ich schlüpfte wieder in den kleinkarierten Sommerhänger, der mir nun lächerlich verfrüht vorkam, fand noch eine blaue Herrenstrickjacke, die Helmut Kohl gepaßt und gestanden hätte, entschuldigte die Leihnahme auf einem Zettel, warf die Tür hinter mir zu – und hatte Zeit, noch fast eine Stunde, in der ich hin und her überlegte, ob ich meine Verabredung mit dir einhalten sollte oder besser nicht.

Ich kniff dann doch nicht; wahrscheinlich, weil ich mich später nicht mit sentimentalen Spekulationen über das womöglich Versäumte quälen wollte, und auch, weil ich in solchen, eine Entscheidung fordernden Situationen erkannte oder zu erkennen glaubte, daß, vor allem anderen, meine Mutter schuld war an meinem »Hang zum Übermut«, den sie oft beklagt und der sie und mich nun für immer getrennt hatte. Oder war Soja Kosmodemjanskajas schweres Schicksal etwa nicht, von den politischen Weltläuften abgesehen, das Resultat ihres Kampfes wider den, nicht einmal nur uns Menschen eigenen, Selbsterhaltungstrieb gewesen?!

Peinlicherweise stand ich bereits vor dem Café, als ihr kamt; ja, ihr, denn wieder hattest du diesen Benno im Schlepptau. Dein Blick war so, daß ich einen Moment lang dachte, ich hätte meinen Geburtstag vergessen, du aber nicht. Du strecktest mir eine langstielige, etwas angewelkte, nahezu blatt- und dornenlose rote Rose entgegen; mit der anderen Hand verbargst du etwas hinter deinem Rücken. Dein Fuß stieß die Tür zum Lokal auf, du wähltest für uns einen Tisch in einer weit vom Ein-

23

gang entfernen Ecke des Raumes und bestelltest bei der Kellnerin, deren einzige Gäste wir waren, drei Kännchen Kakao plus extra Schlagsahne.

Und erst jetzt, da sicher war, daß wir zumindest die nächste Stunde miteinander verbringen würden, musterte ich dein Gesicht in Ruhe und so gut es ging in dem Zwielicht aus Sonnen- und Lampenschein. Trotz dieses Fieberglanzes auf deinen Pupillen, die widerspiegelten, was immer du ansahst, ähnelten deine großen blaßgrauen Augen denen eines alten Karpfens. Auch das Oval deines weichen, unrasierten Gesichts war blaß, und das linke deiner fleischigen Ohren lag dichter am Kopf als das rechte. Das einige Zeit nicht geschnittene Haar fiel dir strähnig in die Stirn. Du hattest Schatten unter den Augen, die weder nur deine langen blonden Wimpern warfen noch allein von dem diffusen Licht herrührten. Am besten gefielen mir dein üppiger, aber männlicher Mund und dein kräftiges, in der Mitte gekerbtes Kinn, das für sich betrachtet aussah wie ein stoppliger Babypopo.

Die Kellnerin brachte die Gedecke, goß Kakao in unsere Tassen, ersetzte den vollen Aschenbecher durch einen leeren. Doch ehe ich in meiner Gier den ersten Schluck nehmen konnte, legtest du das, was du hinter deinem Rücken versteckt und dann neben deinem Stuhl geparkt hattest, zu der Rose, die ich in ein Glas Wasser und an die Wand gestellt hatte. »Mach auf«, sagtest du strahlend; auch Benno versuchte ein Backgroundlächeln.

Ich hob den Deckel von dem violetten, ein wenig lädierten Karton und erblickte eine in Holzwolle gebettete, atemberaubend scheußliche Pierrot-, Harlekin- oder

Weißclownpuppe mit blauem Kegelhütchen, grüner Halskrause, Stupsnäschen, herzförmiger Schnute und schwarzer Träne unter dem einen ihrer dämlich glotzenden Glasaugen.

Für den Moment, womöglich gar minutenlang, war ich so verblüfft, daß ich die Kontrolle über meine Mimik verlor; das jedenfalls signalisierte mir der Anflug von Enttäuschung, der auf euren Gesichtern lag, als ich endlich wieder hochschauen konnte – zu Benno – und dann zu dir. Danke, sagte ich fast tonlos.

Du erwidertest nichts; aber Benno begann, als sei er Meister im Überspielen heikler Situationen, davon zu plappern, wie du diese »wertvolle Künstlerpuppe, eine einmalige Handarbeit«, all den kleineren, weniger schönen vorgezogen und »keine müde Mark« gescheut hättest, weil du der Meinung gewesen wärst, die und keine andere passe zu mir.

Das nun brachte mich gleich noch einmal aus der Fassung, jedoch nicht in dem Sinne, daß mich Zweifel allein an *dir* befallen hätten. Nein, ich fragte *mich,* was an meiner Erscheinung so zu deuten sei, daß es dir möglich war, zwischen diesem kitschigen Monstrum und mir irgendeine Verbindung herzustellen oder gar Ähnlichkeit zu entdecken.

Ich entschuldigte mich, ging zur Toilette, betrachtete die im Spiegel über dem Waschbecken sichtbaren Teile meiner Person: die dilettantische Hochfrisur, die ich jetzt nicht einmal mehr mit einem zerrissenen Polster, einem Vogelnest oder einem Insektenbau vergleichen wollte, meinen kleinen roten Mund und meine schwarz umrandeten Augen. Tatsächlich, sagte ich zu der Erscheinung, die mich darstellte, wenn du dir jetzt noch eine Träne erlaubst, kannst du dich auch in die Holzwolle hauen.

Ich weiß nicht, Harry, ob eine andere als ich zu euch zurückgekommen wäre, wenn sie ihre Handtasche dabei- und das Klofenster keine Gitter gehabt hätte.

Daß ich es fertiggebracht hatte, meine Tasche stehenzulassen – und dann noch bei fremden, wenig Vertrauen erweckenden Männern, signalisierte mir nichts Gutes. Jäh überrollt von einer Panikwelle, die mich nur aus einem Grund nicht umwarf, nämlich dem, daß ich mein Geld seit dem Portemonnaieverlust tagsüber im BH aufbewahrte, unterdrückte ich jenes Bedürfnis, das mich diesen Ort hatte aufsuchen lassen, und ebenso das kaum geringere, mit dem letzten bräunlich aus dem Spender lugenden Papierhandtuch verbessernd an mir herumzuwischen.

Glücklicherweise fand ich euch dort wieder, wo ihr sein solltet, in der hinteren Ecke des Cafés, und war zumindest die Sorge um meine Tasche los. Du schautest mich nicht an, als ich mich seufzend auf den Stuhl plumpsen ließ, der jetzt zwischen euch frei war und nicht identisch mit jenem, den ich vor wenigen Minuten verlassen hatte. Ihr wirktet verstimmt, ja richtig sauer. Ich fragte mich, ob die Ursache dafür noch immer meine mäßige Freude über dein Geschenk sein konnte und ihr euch womöglich deswegen gestritten hattet, oder ob euch etwas ganz anderes die Gesichter entstellte, etwas, wovon ich nun gar keine Ahnung hatte.

Ich griff nach der Puppe, sagte schrill: schönes Ding – und erschrak über meine falsche Stimme.

»Nun nimm sie schon in den Arm«, setzte Benno nach

und klang dabei nicht minder verlogen und vollends on-kelhaft, als hätte ich diese fiese Puppe mit einem von ihm spendierten Los auf dem Rummel gewonnen, fügte er hinzu: »Die kann dir keiner mehr wegnehmen.«

»Jetzt reißt euch mal bloß nicht das Futter aus der Jacke«, das waren die Worte, mit denen du unserem Laienspiel ein Ende machtest. Und obgleich du zu grin-sen versuchtest, verriet dein sowohl Benno als auch mir ausweichender Blick, daß ich dir gründlich die Laune ver-dorben hatte. Nicht nur dir; die Stimmung war hin. Wir schwiegen wie die Steine; Kakao hatten wir auch keinen mehr.

Nie wieder seither hätte ich so leicht, so souverän, ja ele-gant die Kurve nehmen, mich für immer rausziehen kön-nen aus jedweder Art von Verkehr mit dir; ich hätte nur meine Tasche, die mickrige Rose, den peinlichen Clown greifen, etwas Geld zwischen die leeren Tassen legen und war nett zu sagen brauchen. Denn einige Schritte weg von dem Tisch, an dem wir drei das Denkmal des vergeigten Rendezvous gaben, stand sperrangelweit die Tür offen, hinter der Menschen wandelten, die sich wahr-scheinlich allesamt besser fühlten als ich – in dem einen entscheidenden Moment, in dem ich nicht den Arsch hochkriegte, sondern die Torheit beging, nochmals dei-nen Blick zu suchen, der jetzt rabenschwarz war, Pupille durch und durch, und meinem lange standhielt.

Von diesem – oder doch schon von unserem ersten? – Au-genblick an beschlich mich das Gefühl, du seiest ungefähr das, was ich auch geworden wäre, wenn es dem Schicksal gefallen hätte, mich als Knaben zur Welt kommen zu lassen – und in jenem vergleichsweise kleinen Teil davon, den ich, hätte er nicht zum »feindlichen politischen System« gehört, unseren hätte nennen können – oder einfach Berlin. Aber so standen zwischen deiner und meiner Kindheit, Pubertät, Jugend außer etlichen Ruinen, Häusern, Bäumen, Sträuchern, Grasnarben noch Mauer, Panzersperren und nervöse, nach Orden, Prämie, Sonderurlaub gierende Grenzer, die mit dafür gesorgt hatten, daß uns mehr unterschied als bloß das Geschlecht.

Mein Verdacht oder Wunsch, dir ähnlich zu sein, bewirkte keine Nähe; er war, ist, bleibt paradox, nicht zu begründen, vielleicht nur eine emotionale Halluzination. Wir stimmten nicht miteinander überein und paßten auch nicht zusammen, weder äußerlich noch sonstwie. Eher war es so, daß ich bei dir etwas witterte, wofür mir zuerst das magere Wort Gegenteil einfällt. Ich könnte es auch Kontrast nennen, wenn das nicht zu sehr auf Komplementäres, also auf Ergänzung hindeutete. Du warst radikal anders als ich, bist es sicher mehr denn je. Womöglich waren meine – allemal von Fehlinterpretationen, Irrtümern, Rückschlägen begleiteten – Versuche, dich zu ergründen, einfach bloß eigennützig. Vielleicht hoffte ich, über den intimen Kontakt mit dem Fremden, als den oder das du dich mir darstelltest, auch mich erforschen zu können, und hielt es schlicht für gefahrloser, in dir zu entdecken, was ich in mir nur vermutete oder vermuten mochte. Du tatest Dinge, die ich nie getan hätte, aber verstand. Du konntest dich verweigern, wo ich mich auslieferte, so, wie ich es gelernt hatte: gegen meinen Willen, den ich jedoch erst wieder spürte, als du mir zeigtest, wie

28

man nicht nachgibt, egal um welchen Preis. Dir gelang manches, wozu ich unfähig war; ich wiederum meisterte Situationen, in die du gar nicht erst kamst. Und wenn du mich jetzt fragtest, was du mich zum Glück nie gefragt hast, denn damals hätte ich gelogen, würde ich nein sagen; nein, ich liebte dich nicht, obwohl du für mich wie ein Bruder warst (ein passenderes Wort für das, was ich meine, kenne ich ja nicht), aber eben kein leiblicher, sondern einer, der mit mir schlief, vögelte, kopulierte (welchen dieser *Begriffe* würdest du nicht streichen?), wann immer ich es wünschte.

Die Stille war quälend; deinen Blick hielt ich auch nicht mehr aus, und für die nächsten fünf Minuten, wenigstens die, hatte anscheinend keiner von uns einen Plan oder zumindest einen Vorschlag. Den machte nun ich, und er überraschte mich mehr als euch. Hört mal zu, Jungs, sprach ich munter wie eine Turnlehrerin, ich muß jetzt wirklich weiter, ein paar Dinge erledigen. Doch falls ihr am Sonntag nichts Besseres vorhabt, könnten wir gemeinsam essen, bei mir in Moabit. Ich mach Spargel mit kleinen Schnitzeln. Oder möchtet ihr lieber Rouladen?

In deinem Gesicht ging etwas vor, was ich nicht zu deuten vermochte; doch dann erhellte sich deine Miene, so enorm, als wären all die düsteren Gedanken, die sich in den Stirnfalten über deinen eben noch hochgezogenen Augenbrauen verborgen hatten, hervorgekrochen und binnen einer Sekunde zu paarungsbereiten Glühwürmchen mutiert. »Au ja«, riefst du, »Spargel hatten wir lange nicht mehr.«

29

Ich schrieb euch meine Telefonnummer, die richtige, auf eine Serviette, ebenso meine Adresse.

»Aha, Moabit. Auch ne schöne Gegend, stimmt's, Ben?« sagtest du heiter und seltsam gedehnt, so, als hätte ich gerade einen Witz erzählt, den du dir unbedingt merken müßtest.

Wir verabredeten uns für sechs Uhr abends. Ich sargte meinen Kasper wieder ein, klemmte mir den Karton unter einen Arm, die Tasche unter den anderen und die Rose zwischen die Zähne und machte mich winkend vom Acker. Ihr hattet behauptet, noch sitzen bleiben zu wollen.

Draußen atmete ich tief durch, lief los ohne Sinn und Verstand. Ob ihr kommen würdet, war mir nicht egal, deinetwegen. Dennoch hätte ich nicht zu sagen gewußt, ob ich mehr hoffte oder eher fürchtete, daß ich übermorgen alleine dasäße mit meinen zwei Litern Bouillon, der Schüssel voll Obstsalat, den vier Kilo Spargel und den zehn Schnitzeln; soviel sollte es schon sein, selbst wenn ich vergeblich auf euch warten und in der Nacht mal wieder alles vor die Tür meiner kinderreichen Nachbarn stellen würde.

Hinterm Winterfeldtplatz, in einem Laden, der »Zum Affen« hieß und nicht so aussah, als könnte er auch euch zur Einkehr verlocken, gönnte ich mir erst mal ein Bier. Ich war froh, der Situation entronnen zu sein, und vermißte dich doch schon. Allmählich begriff ich, daß ich nun auch hier einen Menschen kannte, einen männlichen zudem, der nicht in solch einem durchsichtigen Sack steckte, den ich damals noch als Zellophan- oder Plastebeutel bezeichnet hätte und nicht mit dem blödsinnigen Wort *Plastiktüte*, das mir seither kaum leichter über die Lippen kommt (doch derart kleine Opfer darf eine perfekte Assimilation wohl verlangen).

An die Lokale, in denen ich viele weitere Getränke konsumiert haben mußte, konnte ich mich am nächsten Morgen nicht mehr erinnern, aber wenigstens daran, daß ich Punkt neun Uhr dreißig den Blumenjob anzutreten hatte. Zwischen Küche und Zimmer fand ich BH, Unterhose, Schuhe, den Sommerhänger, die Strickjacke und meine Tasche wieder. Im Zahnputzglas auf dem Fensterbrett stand, mit Leitungswasser wohlversorgt, auch deine – trotzdem völlig verwelkte – Rose.

Nur der Harlekin blieb, als hätte ich ihn bloß geträumt, spurlos verschwunden – samt der angeknautschten lila Pappschachtel, aus der ich ihn ganz sicher kein zweites Mal herausgenommen hatte und hätte. Ach, Harry, möge diese Schachtel unseren Harlekin, wohin auch immer es ihn verschlug, für alle Zeiten bewahren – vor Hunden, Katzen und den Blicken einer jeden angeblich vernunftbegabten Kreatur.

»Essen ist Mist, schon bevor es dazu wird und kaum wieder rauswill aus unsereinem, das hat mich schon seit der Kindheit nicht mehr gereizt. Ich nahm, was es gerade gab, soviel wie nötig, sowenig wie möglich. War auch besser in den Jahren, die dann kamen. Mußte ich kein Geld für ausgeben, hätte ohnehin nichts übrig gehabt. Aber jetzt, unter den Ahnungslosen ... Wenn die gut zu dir sein wollen, packen sie dir den Teller randvoll. Und du

hast zu schaufeln, sonst gucken sie komisch. Bevor ich die Gabel endgültig niederlege, spreche ich immer ein paar lobende Worte: Tolle Soße, schmeckt fein, der Braten ist ja superzart. Dann strahlen sie wie frisch gefickte Eichhörnchen.«

IV

Den Stand neben dem Eingang zum stillgelegten S-Bahn-
hof Halensee gab es nur an den Wochenenden und Feier-
tagen der frostfreien Jahreszeit; er gehörte Franz, einem
ruhigen, untersetzten, vielleicht fünfzigjährigen Kerl, der,
wie Christoph meinte, ostwestfälischen Dialekt sprach.
Morgens, wenn Franz, dessen Familiennamen ich nie erfahren habe, die Rosen-, Tulpen-, Chrysanthemen-, Li-
lien-, Gerbera- und Palmenblätterbündel aus seinem Lieferwagen zerrte, und ebenso abends, wenn er das Geld
abholte, die mehr oder weniger leeren Eimer, den großen
Schirm gegen Sonne und Regen, die beiden hölzernen
Böcke und die mächtige Stubentür, die uns, also mal Christoph, mal mir, als Verkaufstresen diente, hatte er immer
»Biene« dabei, seine dicke gelb-schwarz gescheckte Schä-
ferhündin, in der eine Leidenschaft für kalte Bockwürste
glomm; doch ansonsten wohl keine, denn sie bellte nie,
verließ nicht einmal die Ladefläche des Fahrzeugs, bis
Franz oder ich nach vollbrachtem Standaufbau endlich
hinüberschlenderten zu dem Kiosk, der ihr Lieblings-
fressen feilbot, und selbst dann mußte Franz sie erst mit
einem eigentümlich melodischen Pfiff dazu auffordern,
richtiger darum bitten.
    Als ich mich zum erstenmal der von Christoph be-
schriebenen Stelle an der Halenseebrücke näherte, hatte
Franz schon damit begonnen, ein paar Utensilien auf die
Straße zu räumen, mich aber wohl auch erwartet, mein
unsicheres Interesse an seinen Verrichtungen bemerkt,
denn er ließ alles stehen und liegen, kam mir ein Stück-

chen entgegen und nickte seltsam scheu. Seine Augen musterten mich kurz, von unten nach oben, dann reichte er mir zögernd die Hand, eine derart rauhe, daß ich annahm, er sei tatsächlich Gärtner. Franz sah mir, weil er ohne zu erröten keinen Blick erwidern konnte, auf die Brust und sagte eher gleichgültig als freundlich: »Gut, du bist die Neue. Das da«, er wies mir ein zangenähnliches Gerät, »ist der Abdorner, den du für die Rosen brauchst. Rechts am Brettrand hängt die Schere, daneben eine Rolle Blumenbast, die mit dem Einschlagpapier gehört in die Halterung davor. Die Stückpreise«, er wandte sich den Eimern zu, »stehen fest, aber von zwanzig Mark aufwärts kannste was nachlassen. Und das«, er reichte mir zwei schmuddlige Zigarrenkisten, »ist für die Kohle; in die kleinere kommen die Scheine, in die größere die Münzen. Und der hier«, er schob mit dem Fuß einen Schemel unter den aufgespannten Schirm, »ist zum Hinsetzen, wenn's mal nicht so dolle läuft.«

Franz nickte nochmals knapp, pfiff nach Biene, und einen Moment später verschwanden sie, erst in, dann mit seinem Lieferwagen.

Meine ersten Kunden waren drei Frauen, die sich, wahrscheinlich auf dem Weg nach Charlottenburg zum Großeinkauf, noch ein wenig die Zeit vertreiben wollten, weil die meisten Geschäfte nicht vor zehn Uhr öffneten. Also hielten sie kurz bei mir, entschlüpften ihrem VW und forderten »frische Ware, so um die fuffzehn Mark rum, schön bunt, ohne Farnkraut«.

Ihre Ungeduld wuchs schneller als die Hektik, die ich verbreitete, denn sie mußten mit ansehen, wie ich in meiner ungeschickten rechten Hand gerade mal zehn, aber doch viel zu viele immer wieder seitlich gegeneinanderfallende Stiele immer wieder neu arrangierte, bis ich sie einigermaßen unter Kontrolle, also im Griff hatte – und weiterhin nur die linke frei, die nun versuchte, all die nassen Enden so fest zu umwickeln, daß der Strauß meiner Vorstellung von einem solchen wenigstens einigermaßen nahekam. Die Frau, die mein Werk schließlich entgegennahm, sagte nichts; auch das nächste, für das ich wieder eine Ewigkeit brauchte, wurde wortlos ergriffen und bezahlt. Einzig die älteste der Damen erwies mir, als ich mich anschickte, mein drittes Gebinde zu fabrizieren, so etwas wie herablassend-spöttische Sympathie. »Packen Sie den ganzen Salat einfach lose ins Papier. Ich mach das dann zu Hause selber«, sprach sie und ließ ihr Wechselgeld liegen.

Als die Frauen weg waren, herrschte ein Stündchen Ruhe; ich konnte üben. Bis Mittag ging es schon besser, zumal kaum jemand vorbeischlenderte, um eine Blume zu kaufen oder gar einen Strauß. Aber als ab vier – schnapsfahnenumweht – die Männer anrückten und das wollten, was Christoph während unseres »Einarbeitungsbesäufnisses« mit leuchtenden Augen »Drachenfutter« genannt hatte, trat mir doch wieder der Schweiß auf die Stirn. Sie standen, obwohl Valentins- und Muttertag Wochen zurücklagen, Schlange wie im Osten und tauschten Fünfzigmarkscheine gegen dicke Bunde langstieliger »Burgund«, die bis ins Detail jener Rose glichen, die du mir einige Zeit später schenktest, nur daß deine solo war – und auch die einzige blieb – in des Wortes zweifacher Bedeutung.

An diesem Samstag, meinem dritten am Stand und dem ersten nach unserer Begegnung, hatte ich Franz gleich morgens darum gebeten, früher Schluß machen zu dürfen. Ich erfand eine geschiedene Schwester mit drei kleinen Kindern, die plötzlich krank geworden wäre, so krank, daß ich hinfahren und die Würmchen füttern, waschen, zu Bett bringen, in den Schlaf singen müßte ... »Ist gut«, unterbrach mich Franz, »will ich gar nicht hören.«

Schon mittags kam er wieder. Ich wollte ihm helfen, seinen Krempel einzuladen, doch Franz meinte bloß: »Laß nur. Ich verkaufe noch ein bißchen weiter.«

War leider auch nicht viel los bis jetzt, sagte ich verlegen und schob Franz die Zigarrenkisten zu; aber er nickte nur. Nicht ein einziges Mal habe ich erlebt, daß Franz nachrechnete oder fragte, was ich eingenommen, ob ich Trinkgeld kassiert, mir aus einer seiner beiden Kisten vielleicht einen Imbiß spendiert oder Blumen weggeschenkt hätte. So begann ich Franz, der uns immerhin acht Mark pro Stunde bar auf die Kralle zahlte, ein wenig zu bestehlen, achtete jedoch streng darauf, daß die Differenz zwischen der Menge fehlenden Blühzeugs und der des in den Zigarrenkisten verbliebenen Geldes nicht zu groß wurde. Ich wußte ja nicht, wie Christoph die Sache handhabe, wagte es auch nicht, mich danach zu erkundigen, denn ihm allein verdankte ich diesen prima Job. Und da ich nicht ausschließen konnte, daß Christoph ehrlich war oder zumindest nicht in dem Maße betrog wie ich, verlagerte ich meine kleinkriminelle Energie mehr und mehr auf die Kundschaft; ich rundete nicht ab, wie Franz es mir nahegelegt hatte, sondern nahm grundsätzlich ein paar Groschen extra – für Farn, Blattwerk, Gras, die eigentlich umsonst, genauer im Blumenpreis bereits enthalten waren.

An jenem Samstag vor unserem Essen hatte ich Franz belogen *und* zum ersten Mal beklaut, denn Spargel, selbst der griechische, war Mitte April noch sehr teuer. Außerdem brauchten wir Bier, Wein, Käse, Obst, Torte, Schokolade, Cognac, Scotch, Williamsbirnenbrand …

V

Seit Sonntag vormittag wirtschaftete ich wie für eine Hochzeit. Die klare Fleischbrühe, der Vanillepudding mit gewürfelten Äpfeln, Orangen, Ananas und der bunte Blattsalat samt separater Marinade waren bereits fertig, der Spargel auf dem Feuer. Gerade hatte ich begonnen, die schön dünn geklopften Kalbsschnitzel schon mal in Mehl, Eierpampe und Bröseln zu wenden, als es klingelte, Sturm, und nicht von unten, nein, unmittelbar hinter mir, an der Wohnungstür. Vor Schreck griff ich mir mit der panierten Linken ins Haar. Zwischen zwei Klingelintervallen Geflüster; sofort erkannte ich eure Stimmen. Du lachtest – laut und dreckig. Danach war mir, obwohl ich mich mit der Semmelpampe im Haar und der fleckigen Schürze am verschwitzten Leibe auch ziemlich dreckig fühlte, absolut nicht zumute. Ihr wart verfrüht, um fast zwei Stunden. Nach den letzten Vorbereitungen für unser Essen hatte ich mich waschen, frisieren, schminken, anziehen und den Tisch decken wollen. Doch nun konnte ich mir nur noch die Schürze vom Bauch reißen, die alten Jeans ab- und das Hängerkleid wieder überstreifen. Moment, komme, blökte ich blöd, polterte zurück in die Küche, riß zwei Stühle um, sprang, von einem Funken Vernunft erleuchtet, über sie hinweg zur Duschkabine, drehte den Hahn auf, hielt den Kopf unters kalte Wasser und bekämpfte erfolglos die aufsteigenden Tränen. Daß ihr die nicht als solche erkennen würdet, wenn ich in zwei, drei Minuten mit tropfendem Schopf vor euch stünde, war mein einziger Trost.

»Entschuldige, aber uns war so öde. Vielleicht können wir dir ja ein bißchen was helfen?« Deine linke Hand streckte mir eine eingewickelte Flasche entgegen, mit der anderen wolltest du meine rechte ergreifen. Doch ich verschränkte die Arme über der Brust und schaute dich so lange an, bis du nicht mehr aussahst, als sei alles in Butter.

Du schwiegst, aber Benno sagte: »Guten Tag. Wir haben uns nichts Schlimmes dabei gedacht.«

Ich nickte stumm, gab euch Besteck, Teller, Gläser, ein Tafeltuch, die dazu passenden Stoffservietten und schickte euch ins Zimmer. Doch binnen kurzem wart ihr wieder bei mir; Benno lehnte sich gegen die Seitenwand der Duschkabine, du setztest dich mit einer Pobacke auf den Kühlschrank. Es war, obwohl ich die beiden Stühle aufgehoben, übereinandergestapelt und in die einzige freie Ecke geschoben hatte, verdammt eng in der kleinen Küche, noch enger als sonst, und während ich, das Fleisch bratend, mein Haar über der Pfanne trocknete, hörte ich euch quasseln.

»Ist nicht gerade gutbürgerlich, die Bleibe«, sagtest du.

»Dusche in der Küche? Ne Badewanne wäre viel schöner. Wir könnten sie hier in die Mitte stellen und einen Gartenschlauch an den Hahn über der Spüle schrauben«, sagte Benno.

»Riecht ja wirklich stark«, sagtest du.

»Besser erstunken als erfroren«, sagte Benno.

So, jetzt Maul halten, ab ins Zimmer, hinsetzen und Maul wieder auf; die Schnitzel sind fertig, sagte ich.

Es wurde, soweit ich mich erinnern kann, kein übler Abend. Ihr lobtet mich mehr, als ihr aßet, ich wiederum trank mehr als ihr, viel mehr. Daß du dir aus Essen we-

nig und aus Alkoholischem gar nichts machtest, Wein dir
»widerlich« war wie »fauler Traubensaft«, das – und manches andere – gestandest du mir erst später.

Irgendwann in dieser Nacht mußte ich meinen Stuhl verlassen, mich auf eine der beiden Matratzen gesetzt haben
und dort, so wie ich war, in Schlaf gesunken sein.

Als ich erwachte, vor Durst oder vom Vogelgeschrei
oder dem Morgenlicht, das durchs Fensterglas fiel, und
um mich blickte, bemerkte ich dich auf der zweiten Matratze, nur dich; Benno war wohl gegangen, zumindest
nicht in deiner Nähe. Ich stolperte, dem Tisch mit den
Resten unseres Mahls und meines Gelages gerade noch
ausweichend, in den Flur, stieg, da ich Benno auch dort
und in der Küche nicht begegnet war, aus meinem zerknitterten, seltsamerweise bis zum letzten Loch aufgeknöpften Kleid, trank Wasser, suchte nach meinem Bademantel, der sich nicht an seinem Platz, dem Haken hinter
der Zimmertür, befand. In einer Regenjacke, die ich von
der Flurgarderobe gepflückt hatte, kehrte ich auf Zehenspitzen zu dir zurück, sah, daß du dich mit meinem Bademantel zugedeckt hattest, und deine großen, schmalen
Füße – und dann dein Gesicht, das ganz entspannt, ja,
vollkommen spannungslos war, als lägest du in Narkose.
Das Kinn war dir auf die Brust gesunken, deine Lippen
gaben deine gar nicht spitze, sondern seltsam breite,
lappenschlappe Zungenspitze frei. Und nicht nur dein
Mund stand halb offen, auch deine Lider; die von ihnen
kaum verborgenen Augäpfel waren nach oben gerollt,
jedenfalls so verdreht, daß nur das Weiße mich anstarrte.

Seit jenem Sonntag hast du mein Leben nicht mehr verlassen, und dein Kumpel Benno tauchte nicht wieder auf. Als ich ein- oder höchstens zweimal nicht sonderlich interessiert nach ihm fragte, meintest du bloß: »Keine Ahnung, wo der abgeblieben ist.«

VI

Am späten Vormittag fand ich trotz schweren Katers die Kraft, auf die nächste Mütze voll Schlaf zu verzichten. Ich erhob mich von der Matratze, warf meine Bettdecke über dich, nahm ein paar Sachen aus dem Schrank, ging duschen, mich anziehen, das Frühstück zubereiten.

Als ich mich gerade hingesetzt hatte, appetitlos ein viel zu mächtig geratenes Rührei mit Speck umgrub und in meine Tasse gähnte, erschienst du im Rahmen der Küchentür, hieltest fröstelnd die Revers meines Bademantels über deiner Brust zusammen, ließest dich nieder hinter dem Gedeck, das ich für dich aufgelegt hatte, und wolltest weder etwas essen noch Kaffee, nur einen Schluck Cola.

Ich fühlte mich beschissen, weil ich um diese Tageszeit und in einem solchen Zustand lange keinen Besuch mehr gehabt hatte, schon gar nicht einen, den ich kaum kannte, der mir aber dennoch alles andere als egal war. Bei dem Versuch zu lächeln, dem zu begegnen, wovon ich glaubte, es sei dein kritisch-finsterer Blick, spürte ich, wie die Haut über meinen Wangen spannte, wie geschwollen meine Lider noch waren, wie mir die Augen tränten. Mir ging auch nicht aus dem Kopf, daß ich im offenen Kleid erwacht war, jedoch ohne Erinnerung an den Grund dafür. Hatten wir einander nun angefaßt, oder wünschte ich mir bloß, daß es so gewesen sei? Dein nicht kritischer, trotzdem finsterer Blick hielt, als es mir endlich gelang, ihn zu erwidern, vollkommen dicht – und meinem stand, bis ich wegschauen mußte.

Weißt du, Harry, wie ich den bewundert und gehaßt habe, deinen üblichen Blick aus extrem geweiteten Pupillen, der mich absichtslos bezwang, der mir, da er unvergleichlich ruhig, aber leer war, völlige Deutungsfreiheit einräumte und doch dafür sorgte, daß jeder meiner Projektionsversuche an dir abprallte, der mich, wie eine schwarze Welle, immer wieder auf mich selbst zurückwarf, was einerseits Kraft kostete, andererseits stark machte.

»Und?« sagtest du mit rauher Stimme.

Ich wußte nichts zu antworten, starrte minutenlang auf einen Brandfleck in der Tischplatte, sog, weil ich mir selber noch keine anzünden mochte, mit geblähten Nasenlöchern den Qualm deiner Zigarette ein. Eher aus Verlegenheit als aus Neugier habe ich dich irgendwann gefragt, was du nun vorhättest, ob wir vielleicht spazierengehen sollten.

»Nein«, meintest du, »heute nicht mehr. Aber wir könnten uns mal wieder ein bißchen ausruhen.«

Mir war nicht klar, was genau du dir darunter vorstelltest. In der Horizontale Musik hören, rücklings rauchen, fernsehen und dabei einnicken, all diese »Untaten«, wie du dergleichen manchmal nanntest, hießen bei dir ausruhen. Doch das wußte ich an jenem Montag ja noch nicht – und folgte dir mit weichen Knien in mein Zimmer. Ich ließ mich auf die eine Matratze sinken, du dich zu meinem Erstaunen aber nicht über oder wenigstens neben mich, sondern auf die andere. Wir lagen ganz still, atmeten flach, fast tonlos, wie Eidechsen in der Sonne; das einzige, was ich deutlich spürte und sogar hörte, war das Knistern meines Haars, als unsere Schädel einander touchierten.

Ich wähnte dich schon schlafend und beschloß enttäuscht, es dir gleichzutun, da begannst du die längste Rede, zu der du dich in meiner Gegenwart je hast hinreißen lassen. Du seiest erst vor vierzehn Tagen aus dem Knast raus, JVA Tegel, auf Bewährung, weil du dich bereit erklärt hättest, »am Arsch der Stadt«, in Düppel-Süd, an so einer »Therapie-statt-Strafe-Maßnahme nach Paragraph 35 des Betäubungsmittelgesetzes« teilzunehmen. Doch bald hätte es »einen Vorfall gegeben, nichts Schlimmes, nur einen kleinen Verstoß gegen die Bauernhofregeln«, für den euch allerdings die »übelsten Konsequenzen« angedroht worden wären. Daraufhin hättest du deinem Freund Benno, der zusammen mit dir wegen »schweren Raubes« verurteilt worden wäre und sowieso meistens deiner Meinung, »beigebogen«, daß ihr »diesen Krümelkackern den dicken Daumen zeigen«, also »erst einmal abhauen« müßtet.

Du sagtest das langsam, leise und im Liegen. Nur ich war von meiner Matratze hochgefahren, schon bei dem Wort Knast, und hatte mich vor dir aufgebaut, in klassischer Pose: breitbeinig, die Fäuste in die Hüften gestemmt; doch du verzogst bloß spöttisch den Mund, als hättest du mich mit geschlossenen Augen sehen können. Deine Hand kam, eine Spinne imitierend, unter der Bettdecke hervorgekrabbelt, tastete nach einem meiner nackten Füße, umfaßte das Knöchelgelenk – wie eine Beute – und drückte zu, so überraschend kraftvoll, daß ich vor dir in die Knie ging. Dann legtest du mir den Arm um den Hals, und ich schmiegte mein Gesicht an deine Brust. Eher aufgeregt als erregt, erwartete ich dennoch mehr, wollte dir entgegen-, ja zuvorkommen, und zerrte, soweit die Fixierung, in die du mich genötigt hattest, dies zuließ, an den Knöpfen meiner Jeans.

Der Trick oder was das war, mit dem du mir wie einem Gummitier die Luft herausließest, bestand in einem kleinen, spitzmäuligen, geradezu lächerlich sanften Kinderkuß, von dem meine Wange noch Stunden später glühte, als hätte mich etwas gestochen oder gebissen.

Damit, daß *ich* einen *solchen* Kuß bekäme, hatte ich nicht gerechnet, nicht in diesem Moment, nicht so viele Jahre zu spät, eigentlich nie. Und das Wort Kinderkuß ist auch nicht genau genug, denn dein erster Kuß, Harry, war nicht wie *von* einem Kind, sondern wie *für* ein Kind, und wenn er nicht so unglaublich liebevoll und ich nicht so verblüfft gewesen wäre, hätte ich gedacht: Der will mich nicht – oder höchstens verarschen. Seit der Sekunde, da deine Lippen meinen auswichen, bloß meinen linken Mundwinkel und mich darum um so mehr berührten, wußte ich, das ist der Kuß, den mir keiner gegeben hatte, in einer Zeit, zu der Küsse wie dieser gehört hätten.

Mein Erschrecken darüber, die darauf folgende Mischung aus Trauer und etwas Freude, kann ich nur mit jenem Gefühl vergleichen, das mich erfaßte, als ich im Mai 1984, zwei Jahre vor meinem Umzug in dein Deutschland, von Ulan Bator nach Irkutsk geflogen war und am Saum des Rollfelds den Wald bemerkte und unter Tränen lachend stehenblieb, weil ich beim Anblick dieser sibirischen Fichten begriff: Ich hatte seit zehn Monaten keinen Baum gesehen. Verstehst du? Erst als ich wieder Bäume sah, wußte ich, daß sie mir gefehlt hatten und wie sehr.

Dein Kuß rief einen ähnlich süßen Schmerz hervor, zumal das Brennen, das ihm folgte, wohl doch nur von

Scham verursacht war; denn auch dies wußte ich plötzlich: daß alle Küsse, an die ich mich erinnern konnte,
selbst die frühesten, das gewesen waren, was ich von dir
erwartet, aber nicht bekommen hatte und umgekehrt.
Harry, deinen beunruhigend harmlosen Premierenkuß
von so brutaler Zärtlichkeit, daß mir heute noch heiß
wird, wenn ich nur daran denke, gabst du einer, der
Selbstmitleid ziemlich neu war, die vor jener noch immer
andauernden Sekunde, in der sie diesen nicht sexuellen
Kuß empfing, kaum für möglich gehalten hätte, daß sie
sich als Kind nach genau dem gesehnt haben könnte –
und nie nach einem von den anderen Küssen. Und jetzt
sage ich dir, was du damals nicht wissen solltest, weil ich
mich nur geschämt und dich vielleicht in Verlegenheit gebracht hätte, daß schon die Vaterküsse, die das Sojalein
einst hinnahm, runterschluckte wie klumpigen Reisbrei,
Männerküsse gewesen waren, ungekonnte zudem, die es
nicht gemocht, aber für alternativlos gehalten hatte.

Und jene Männer, die meinen Vater ablösten und
schließlich ersetzten, küßten weder anders noch besser.
Und Mutter- oder Omaküsse waren nicht vorgekommen;
und später, als mich dann doch einige Frauen küßten,
unterschieden die sich dabei wenig von den Männern,
und auch sonst nicht so sehr, daß sie mir grundsätzlich
lieber gewesen wären.

»Tja, Soja«, sagtest du, während ich, an deiner Brust kle-
bend, widerstandslos auf und ab wogte, »nun ist, wie
jeder Rennfahrer weiß, gutes Rad teuer, denn ich werde
per Haftbefehl gesucht, weil ich die Bewährungsauflagen
verletzt, mich der gerichtlich verfügten Therapie durch

Flucht entzogen habe. Und wenn ich nicht schnell eine Therapie bei einem anderen offiziell anerkannten Laden aufreißen kann, muß ich zurück in den Bau.«

Ich begriff nicht ganz den Sinn deiner Rede, war auch noch zu beschäftigt mit mir, richtiger den Turbulenzen, in die dein Kuß mich gestürzt hatte, und fragte nach: Welcher Bau? Therapie wogegen?

Da sprachst du dieses seltsam melodisch klingende Wort aus, das mich noch mehr verwirrte, obwohl oder gerade weil ich kein Englisch verstand, aber doch irgendwie wußte, daß der Kontext, in dem ich es schon mal gehört oder gelesen hatte, ein zutiefst finsterer war: »Junkie.« – Erst von dir erfuhr ich, was das bedeutet, nicht »Rauschgiftsüchtiger«, wie im Wörterbuch behauptet, sondern (menschlicher) Ausschuß, Schund, Müll, Abfall.

»Ich habe mich nie aus Angst auf Entzug gesetzt. Solange man im Loch steckt, ist es egal, ob man weitermacht oder seinen krummen Löffel schon vorher abgibt. Das eine ist nicht verlockender als das andere. Wenn alles normal läuft, hat man immer was zu tun, vergeht die Zeit mit Kohle beschaffen, Stoff bunkern, Venenpflege, Vorfreude und Enttäuschung, weil das Zeug nicht mehr so gut kommt wie früher oder mal wieder so vermistet ist, daß einem bloß noch schlecht davon wird. Aber krepieren will man ebensowenig wie eine Fliege, die sich ja auch nicht einfach erschlagen läßt: Hat kein Gehirn und lebt doch. Gute Vorsätze gibt's nur für Draußen und zu Silvester. Wenn Draußen näher rückt, ist selbst zu Ostern oder Pfingsten Silvester.«

Ich weiß nicht, warum ich kaum reagieren konnte, ob es nur an dem Kuß lag, daran, daß der mich nicht hatte zurückschrumpfen lassen in die Barbarei meiner Kindheit, seltsamerweise aber doch den Wunsch in mir weckte, wieder klein zu sein und noch viele Male so geküßt zu werden. Oder rührten mich eher deine halbgeschlossenen Lider und die Schatten darunter? Oder empfand ich schon so etwas wie erleichtertes Mitleid, weil ich, obwohl ich drüben mehrfach bei kleineren und größeren Schweinereien erwischt worden war, im Unterschied zu dir dank mütterlicher Macht um das wirkliche, das nicht bloß *DDR* genannte Gefängnis herumgekommen war?

Jedenfalls schwieg ich eine Weile, beharrlich und überzeugend. Vielleicht mußtest du deswegen weitersprechen, mir von dir erzählen, von deinem Vater, einem Neuköllner Fuhrunternehmer, der deine Mutter aus dem Fenster eurer Wohnung geschubst haben soll, als du vier Jahre alt warst. Sie könnte auch gefallen sein, freiwillig oder versehentlich, denn gesoffen habe sie ja nicht zu knapp, schon immer, wie dein Vater gesagt hätte, vor Kummer, wie du meintest. Du wärst dann zu deiner Oma nach Lüneburg geschickt worden und dort geblieben, bis plötzlich deren zweiter Mann gestorben sei. Weil du ohnehin eingeschult werden mußtest, habe dein Vater dich zurückgeholt und seiner neuen Frau überlassen; Rosi sei ihr Name. Dein Vater hätte sie aber nur Rosinante genannt – und jeder andere auch. »Diese Rosinante gerufene Rosi, die korrekt vielleicht Roswitha heißt, ist keine von uns, ist eine vierschrötige Oberpfälzerin.«

Ich lauschte deinen Worten nach; *vierschrötig* und *Oberpfalz* klangen für mich seltsamer als etwa *fragil* und

Surinam. Oberpfalz, das war irgendwo in Deutschland. Doch was hatte ich mir unter vierschrötig vorzustellen?

»Ja, grob halt«, gabst du zur Antwort, »die Rosinante war grob, gewöhnlich, draller Wanst auf mageren Beinen, eben wie Don Quichotes alte Mähre. Oder was glaubst du, warum wir Rosi weniger treffend fanden als Rosinante und manchmal Tante Rosinante?«

Die Rosinante habe eine Kneipe betrieben, einen »wüsten Preßluftschuppen« mit dem »genauso logischen wie unpassenden« Namen *Zur Rose.* »Und an ihrem Rockzipfel«, sagtest du, »hing ein Bengel in meinem Alter, der dicke Bernd.« Der sei »ziemlich schlecht drauf gewesen«, hätte viel geheult, »ohne Grund und noch öfter mit«.

Bei Rosinante, hinterm Tresen der *Rose,* wärt ihr aufgewachsen, dieser Bernd und du. Jeden Nachmittag hättet ihr eure Plastikindianer und Legosteine dorthin geschleppt, und natürlich Taschenlampen, ohne die es zum Spielen zu duster gewesen wäre. Ansonsten hättet ihr »meistens die Schnauze gehalten«. Erstens, weil ihr die Gäste nicht nerven solltet, zweitens, weil es zwischen euch beiden eh selten genug Stoff für ein Gespräch gegeben habe. Bernd, »das tapsige Weichei«, sei »absolut nicht deine Kragenweite«, dir aber »trotzdem nicht völlig schnuppe« gewesen. In der Schule hätte er lange vor dir versagt und auch »die ersten Joints gebaut«, als ihr gerade mal über den Tresenrand gucken konntet, jedenfalls groß genug wart, um Gläser zu spülen oder Bier zu zapfen und euch euer Futter selbst aus der Kneipenküche zu holen, das ewig gleiche: Bockwürste, Knacker, Buletten, Dillgurken, eiskalten Kartoffelsalat. Richtig gekümmert habe sich keiner um euch. Die Gäste seien mürrisch oder abgefüllt oder beides gewesen, Rosinante immer am Ausschenken, Rumschleppen, Zuprosten, Umfallen, Wegschlafen, dein Vater entweder auf Achse oder »in Null Komma nix auf hundert«, wenn er sich gelegentlich doch mal habe blicken lassen, bei seiner »Flickenfamilie«.

Und eines Sonntags im August, Bernd sei gerade zwölf gewesen, du kurz davor, es zu werden, hätte euch der Alte »so übel vermöbelt«, daß ihr den Beschluß faßtet, euch mit Buletten umzubringen; genauer, erst die Buletten zu vergiften »und mit denen dann jeder sich selbst«. Am Automaten hättet ihr vier Schachteln *HB* gezogen, die Filter von den Zigaretten getrennt, den Tabak aus den Papierchen geschält und unter das zum Abbraten bereitstehende, gewürzte und mit geschrotetem Weißbrot gestreckte Hackfleisch geknetet. »Als Rosinante dann am Herd war, den Bulettenteig portioniert und plattgedrückt ins heiße Fett warf, merkte sie nicht das geringste. Es roch wie sonst, es schmeckte beschissen wie immer, fanden wir, eine Stunde und etliche Klopse später. Bernd wurde zuerst grün im Gesicht und kam zum Kotzen nicht mal mehr auf die Füße, bis zum Klo gleich gar nicht.« Du folgtest seinem Beispiel mit geringer Verspätung und »um einiges würdevoller«, wie du betontest. Ihr hättet in die Klinik gemußt, zum Magenauspumpen, und wärt auch danach noch tagelang krank gewesen, ebenso wie fünf von Rosinantes Stammgästen, die aber bloß je eine, höchstens zwei von den Tabakbuletten gegessen hätten. Alles sei herausgekommen, zum einen »oben und unten« aus euch und zum anderen aufgrund der Analyse des Mageninhalts aller Be-

50

troffenen. Dafür hätte euch dein Vater noch einmal ver-
hauen, doch erst als er nicht mehr fürchten mußte, sich
an euren »kleinen Idiotenärschen die Hände dreckig zu
machen«.

Eine volle Woche nach der »letzten widerstandslos
hingenommenen Dresche« deines Lebens hätte der »alte
Mistpfützenkrebs« dir dann beiläufig mitgeteilt, daß die
Mutter deiner Mutter, deine heißgeliebte Lüneburger
Oma, »ins Gras gebissen« habe, »buchstäblich«, denn sie
sei »beim Karnickelfutter sicheln« auf der Wiese hinter
ihrem Haus einem Herzinfarkt erlegen, ausgerechnet an
dem Tag, an dem euer Selbstmordversuch fehlgeschlagen
sei.

Nun verfielst du in Schweigen, und ich lag noch immer auf deiner warmen, wolligen Brust. Und während
ich mir ausmalte, wie ihr kotzend, von Bauchkrämpfen
nieder- und krummgezogen, hinterm Tresen der Rose
umeinanderrolltet, schliefst du ein. Ich wurde gleichfalls
müde; und über die Bilder von dir als Junge und einem
pickligen Milchbart namens Bernd, den ich nicht kannte
und dem ich auch später nie begegnen sollte, schoben
sich andere:

Ich bin etwa ein halbes Jahr älter, als du es zu deiner
Bulettenzeit warst, und mit meiner kleinen Schwester,
meiner Mutter und meinem Vater an dem versteckt gele-
genen brandenburgischen Waldsee in der Nähe unserer
Laube. Meine Eltern und ich, wir sind, was selten vor-
kommt, vergnügt; nur meine wasserscheue Schwester
Olga, die ihren Namen dem zweiten Idol meiner Mutter
verdankt, der 1942 im Vernichtungslager Bernburg er-

51

mordeten deutschen Kommunistin Olga Benario, sitzt etwas abseits und säuerlich am Fuße der schief über den See gewachsenen Trauerweide, denn sie weiß, daß wir anderen gleich baden gehen und sie auffordern werden, uns zu folgen, vergeblich, wie immer.

Meine einen Meter und fünfundachtzig Zentimeter große, stabil gebaute Mutter zieht sich als erste nackt aus und klettert, wie sie feierlich verkündet, »die Weide empor«. Ich gehe zum Ufer, schau sie mir an, genau, fast unverwandt, irritiert, aber ohne Mitleid; ihren schlaffen, von Schwangerschaftsstreifen gefurchten Bauch, ihre schweren Brüste mit den bräunlichen Nippeln, die, obwohl es sonnig warm ist, obszön versteift und dennoch nach unten weisend auf den beiden weißen Fleischfladen sitzen, wie Seepocken, denke ich, und dann: wie Warzen. Meine Mutter klemmt sich ihren blondierten Krauskopf zwischen die ausgestreckten Arme, federt in den Knien, springt. Ein Knall ertönt, Wasser springt zurück in die Richtung, aus der meine – für Sekunden nicht sichtbare – Mutter gekommen ist. Weit links von dem Wirbel, den sie verursacht hat, erscheint sie wieder und brummt, dumpf wie mein alter Teddy, wenn ich ihn nach hinten kippe. Dann fängt meine Mutter schallend an zu lachen, hebt auch schon einen ihrer Arme aus dem Naß; die daran befindliche Hand winkt mir. »Nun los, Sojuschka, sei kein Frosch! Steig hoch in die letzte Astgabel. Zeig, was du kannst, Sojusch! Den Köpper will ich sehen, nicht wieder die Arschbombe.« Und ich nehme allen Mut und die Arme über dem Kopf zusammen, so, wie ich es bei meiner Mutter unzählige Male gesehen habe, und stürze mich in die Tiefe. Und tatsächlich tauche ich einigermaßen gerade ein in das Wasser, das grün ist und voller Luftblasen, auf denen ich wieder an die Oberfläche steige, froh darüber, daß ich meine Mutter nun vielleicht auch mal froh gemacht habe. Und wirklich, sie grinst von einem Ohr zum anderen, kommt mir entgegengeschwommen, sagt »häng dich an meinen Rücken, tapfere Tochter«, denn sie weiß, daß ich nichts lieber tue. Und ich umschlinge ihre Mitte, und mein glatter, flacher Mädchenbauch streift kurz ihre kalten Pobacken. Meine Mutter spielt das lustige Nilpferd; sie prustet und schnauft und zieht mich durchs Wasser, und ich fange mir eines ihrer strampelnden Beine und merke gar nicht, wie sich mein Vater hinterrücks an uns heranpirscht. Erst als er plötzlich zugreift und meine kleinen Brüste quetscht wie Zitronenhälften, weiß ich, das kann nur er sein. Ich schreie vor Schreck und Schmerz, lasse meine Mutter los, schlage um mich in Todesangst. Die Hände meines Vaters geben mich frei – und mir bleibt die Luft weg. Ich sehe schwarz, in meinen Ohren braust und dröhnt es, meine Arme und Beine sind außer Kontrolle, lassen sich alsbald gar nicht mehr bewegen; ich sinke und sinke, bis auf den Grund meiner ersten Ohnmacht.

Vielleicht hätte ich dir diese Geschichte an jenem Tag erzählt, wenn du nicht so fest geschlafen hättest und nicht auch mir die Augen zugefallen wären, vor Verzweiflung darüber, daß meine dumme Mutter nie irgend etwas gemerkt hat und ich ihr all die Jahre nichts sagen konnte, und ebenso vor Glück, dem Glück, jetzt nirgendwo anders zu sein als bei dir.

Ich erwachte davon, daß mir deine Hand unter den Hosenbund fuhr und über den Bauch strich, nicht forsch und fordernd, nicht wie die eines Herrenschneiders, der prüft, ob das neue Stöffchen fein genug ist, auch nicht so, als massiere sie einen von Verdauungsstörungen geplagten Säugling, aber schon so ähnlich. Und schließlich taten wir es, weder beiläufig noch enthusiastisch, sondern wie etwas, das nun einfach dazugehörte, weil wir zueinander gehören wollten. Dieses erste Mal, und dann immer wieder in solchen intimen Momenten, hast du mich – durchaus im eher medizinischen Sinne des Wortes – behandelt; du hast mich behandelt, als müßtest du mich beruhigen und besänftigen, obwohl ich nie nervös oder gar wild war. Ich wußte ja, daß ich schnell kommen und mich auf deinen Schwanz verlassen konnte, der das Klischee nicht Lügen strafte, sondern tatsächlich so war wie deine Hände: kräftig, warm und nicht übermäßig empfindsam.

Ganz ergeben lagst du unter mir, hast weder gestöhnt noch deine Augen geöffnet für einen Blick in meine, aber dich, als du merktest, daß ich fertig war, aus mir zurückgezogen, mich bei den Hüften gepackt und »von der Palme geholt«, wie du es nanntest. Ich fragte mich, ob du in den zehn Jahren Knast vergessen hattest, daß Frauen die Pille nehmen, und dich, ob es dir denn schon gut genug ginge.

»Kannst gerne weitermachen«, sagtest du. Doch als dir klar wurde, wie ich dich verstanden hatte, hieltest du mich mit einer Hand am Schopf fest und von deinem Schwanz fern und zogst dir mit der anderen eine meiner Hände, dummerweise die rechte, dorthin, wo du meinen Mund nicht haben wolltest. Ich akzeptierte, kam aber auch ins Grübeln – und wieder fragte ich mich, nicht dich, ob du womöglich Angst hättest, ich könnte dich beißen oder mich einfach bloß dämlich anstellen; dabei waren meine oralen Fertigkeiten das einzige, worauf ich wirklich stolz war. Na gut, den werde ich schon noch überzeugen, dachte ich, als ich zu Ende brachte, was du mir immerhin erlaubt hattest – und irrte mich ein weiteres Mal.

Für dich war Sex, wie ich bald merkte, die selbstverständlichste Sache der Welt, doch nicht die wichtigste. Auch ich, du weißt es, mochte Sex, allerdings nur, wenn ich nicht oder nicht sehr verliebt war. Was mir, wie möglicherweise den meisten Menschen, daran am besten oder eigentlich ausschließlich gefiel, waren die Orgasmen, Explosionen von solcher Wucht, daß mir die Sicherungen rausflogen und mein Denksystem für Momente weg war vom Netz. Diesen Momenten verdanke ich die tiefsten Räusche meines Lebens; eine so umfassende Abwesenheit von mir selber, jedem und allem hat das gründlichste Besäufnis nicht bewirken können. Die Krater verschlangen mich, spuckten mich aber auch wieder aus, unversehrt, wie ich meinte, und an deren Rändern konzentrierte ich mich auf die Regie. Interessanter, als selbst berührt zu werden, fand ich es, den anderen zu manipulieren. Nichts sonst verschaffte mir dieses Gefühl von Macht und Bedeutung. Ja, Harry, ich hatte den Ehrgeiz, eine gute Liebhaberin zu sein, schon damit meine physischen Defizite weniger ins Gewicht fielen. Vor wie nach dir machte ich die Erfahrung, daß manche Frau und jeder der nicht beängstigend zahlreichen Männer, die meine

Nähe suchten, mit mir ins Bett wollte. Einige aus sportlichem Ehrgeiz, andere als Sammlerinnen oder Sammler; ich hätte auch nicht gewußt, was sie sonst von mir hätten wollen sollen. Gerade die Männer haben meist auf Anhieb erkannt, daß mir der Sex reichen und so etwas Kompliziertes wie Liebe mich dabei nur stören würde. Wenn ich doch einmal verliebt war, litt ich unter diversen Komplexen, fühlte mich häßlich, doof, krank. Und gegen die Krankheit Liebe, die ich auf den Tod fürchtete, gab es nur eine Medizin: Sex – mit einem sympathischen, dem angebeteten Subjekt aber möglichst wenig ähnlichen Menschen. Und dennoch, Harry, sobald ich spürte, daß ich mal wieder von Liebe befallen war, wünschte ich mir jenes Alter, in dem ich, wie ich tatsächlich glaubte, kein Gegenmittel und keine nebenwirksame Machtgeilheit mehr brauchen würde, weil meine Sexualität – sowohl für die anderen als auch für mich – endlich völlig belanglos geworden wäre.

»Das mit der eigenen Bude ist bis auf weiteres vertagt. Die Parole heißt: Draußen bleiben um jeden Preis. Ich kann mir alles vorstellen, ›never more rainbow‹, Maloche im Bergbau, ab morgen ohne Hände sein oder übermorgen ganz hinüber, nur nicht, daß sie mich wieder einkassieren für die volle Laufzeit. Wenn ich die Zeichen richtig deute und es mir am Montag auch noch gelingt, eine Maßnahme einzuleiten, ist die Gefahr erst mal gebannt, das Leben also fast schön.«

VII

Am Montag morgen lagen auf der Matratze, die du zu deiner erkoren hattest, nur mein Bademantel, Kopfkissen und Deckbett, aber im Küchenregal neben dem Herd drei frische Schrippen, mein Geldhäufchen, von dem ein Zehner fehlte, und ein Zettel: »Dear Soja, muß schnell mal was klären. Bin bald zurück, die Kohle auch. So long, Harry.«

Daran, daß du wiederkämst, hatte ich seltsamerweise nicht den geringsten Zweifel, ärgerte mich bloß über deine Eigenmächtigkeit. Du hättest mir ja etwas ins Ohr flüstern oder wenigstens einen Kuß geben können. Doch nach der ersten Marmeladenschrippe sah ich es so, daß du mich aus purer Sanftmut nicht hattest wecken wollen. Ich schwebte ob der mit dir verbrachten Stunden nicht auf Wolken, war nicht einmal froh, bestenfalls erstaunt darüber, wie schnell das alles ging und daß ich nicht mehr allein war. Ich sah dich vor mir, einen ausgewachsenen Westberliner: große, athletische Gestalt, breite Stirn von auffallender, aber nicht vornehmer Blässe, gekerbtes Kinn, blaugraue Augen, die wunderbar finster blicken konnten, und gratulierte mir mit einem Gläschen Williamsbirne zu meiner Errungenschaft, denn für eine solche, Harry, hielt ich dich an jenem Morgen noch. Daß du im Gefängnis gewesen warst – und ziemlich lange –, verlieh dir nur zusätzlichen Adel. Da, wo ich herkam, fing man sich leicht zehn Jahre ein, für Bagatellen wie Witze, Scheckbetrug, Diebstahl von Volkseigentum. Als ich an das zuletzt genannte Delikt dachte, entsann ich mich des

Wortbrockens »schwerer Raub«, den du mir so beiläufig hingeworfen hattest, und beschloß, dich unverblümt zu fragen, was genau damit gemeint war.

Der schwere Raub, erklärtest du zwei Stunden später, sei ein »Apothekenbruch« gewesen, und einer der Polizisten, die euch »gestört« hätten, sei in jener Nacht »blöderweise« angeschossen worden, aber nicht von dir. Du hättest auch bei diesem »leider mißglückten Versuch, Opiate zu erbeuten, bloß Schmiere gestanden, wie immer«. Die Strafe sei »unverschämt hoch ausgefallen«, weil du als »Wiederholungstäter« gegolten und noch »Bewährung offen« gehabt hättest. »Doch jetzt«, du nahmst einen tiefen Zug aus deiner Zigarette, »sollten wir diese ranzigen Geschichten mal lassen und uns darum kümmern, wie es weitergeht.« Es gebe da etwas, in Schöneberg, Eisenacher Straße, einen »strengen Verein«, der heiße Triade, »genau wie die chinesische Mafia«, fügtest du grinsend hinzu. Du hättest mit dem »Obermops von dem Schuppen« schon kurz gesprochen, ihm deine Situation erklärt, und er habe gefunden, daß »die Angelegenheit nicht ganz aussichtslos« sei. »Wir sollen heute noch kommen, du und ich. Bitte, Mausepuppe, mein Schicksal liegt in deinen Händen«, sagtest du und warst schlau genug, mich wieder an deine Brust zu ziehen und mir einen ebenso pathetischen wie scheuen Kuß auf die Stirn zu hauchen.

Da band ich mir, ohne noch ein Wort zu fragen oder zu sagen, die Haare zum seriösen Pferdeschwanz, schlüpfte in die Helmut-Kohl-Strickjacke, steckte meinen Ausweis ein, ging mit dir zur U-Bahn.

Das Haus, dessen geschnitzte, zweiflüglige, von echten oder falschen Marmorsäulen flankierte Holztür du mir aufhieltest, war einer jener wilhelminischen Kästen, die korrekt Gebäude heißen und die unsere Sorte Mensch normalerweise weder grund- noch furchtlos betritt. Drinnen roch es ein wenig nach Desinfektionsmitteln und Papier, also Krankenhaus und Behörde. Die breiten, langen Flure waren – passend zum einen wie zum anderen – weiß gestrichen; es gab eine Orientierungstafel, Piktogramme, über, unter oder neben diversen Lämpchen, Schaltern, Klingeln befestigte Schildchen mit Namen und Zahlen.

Am Ende des Ostflurs im Erdgeschoß klopftest du gegen die letzte Tür linker Hand, die einzige, die unbeschriftet war und keine Nummer hatte. Und obwohl es auch keine Klingel gab, ertönte ein Summen; ich vernahm harte, schnelle Schritte, sah auf unserer Seite der Tür die Klinke niedergehen und dann, zunächst undeutlich im hellen Licht der Neonröhren, einen eher kleinen, kompakten Mann von etwa dreißig Jahren.

»Na, dann kommt mal rein«, sagte er und reichte weder dir noch mir die Hand. Als sich die Tür hinter uns schloß, erspähte ich aus dem Augenwinkel das Che-Guevara-Poster, mit dem sie von innen beklebt war. Auf dem Weg zu den vier Klappstühlen an der Stirnseite des einen der insgesamt drei Schreibtische redete der Mann weiter: »Ich bin Joe, nur Joe, wie Harry ja schon weiß. Und du?«

Soja Edith Krüger, wohnhaft in Moabit, Birkenstraße elf, antwortete ich, eine eiernde Grammophonplatte imitierend. Der Kasernenhofton, in dem dieser Joe mich soeben geduzt hatte, gefiel mir nicht; das sollte er merken.

»Krüger?« wiederholtest du und offenbartest bei der Gelegenheit, daß wir den gleichen Familiennamen trugen. – Ja, Harry, trugen, denn seit meiner späten, kurzen Ehe mit einem semischwulen Schweizer, den du nicht mehr kennengelernt hast, heiße ich Maiwald.

»Soja sollte uns genügen«, meinte Joe. Dann erklärte er, daß wir beide, du und ich, bis zum Ende der Woche eine sogenannte Begleitgruppe auf die Beine zu stellen hätten. Für die erste Stufe der Triade würden mindestens acht, besser zehn oder zwölf, »cleane, also nicht von irgendwelchen harten Drogen abhängige, zuverlässige Menschen« gebraucht, die dich zwei Monate lang »umschichtig« bei sich übernachten lassen, »verpflegen, sinnvoll beschäftigen, zu den Therapiestunden bringen und wieder abholen« müßten, »aber absolut pünktlich«. »Die Zeit achten, mit der Uhr leben«, das sei das wichtigste, was ein Süchtiger zu lernen habe. »Schon eine Verspätung um wenige Minuten, egal ob von dir oder einem deiner Begleitgroupies verursacht, hat zur Folge, daß du bei uns rausfliegst, und welche Konsequenzen das wiederum hat, das, Harry, ist dir hoffentlich arschklar.« Die zweite Stufe befände sich auf der gleichen Ebene wie die erste und bestünde aus Einzelgesprächen, die den Zweck hätten, »multitoxische Erfahrungen aufzuarbeiten«, dein »Persönlichkeitsprofil« zu erkunden und deine »Konfliktschwelle hochzumauern«. Diese Gespräche würden er oder einer seiner Kollegen während der gesamten »Wohngruppenphase« und, falls »deinerseits Bedarf« bestünde, auch etwas länger, regelmäßig mit dir führen, zwei- bis dreimal pro Woche; das hinge davon ab, wie ihr vorankämt. Die dritte Triadenstufe wäre dann der

»Schritt in die völlige Selbständigkeit, also Wohnungs- und Arbeitssuche, Behördenkram«. Über diesen letzten Monat verteilt, fänden noch vier weitere, »spontan anberaumte Kontrollen auf opioide Substanzen« statt, und schon hättest du es geschafft. Joe ließ dich, während er sprach, nicht einen Moment aus den Augen, klatschte, nach einer Atempause, die weder du noch ich für eine Zwischenfrage zu nutzen wußten, einmal in die Hände und befahl: »So, Harry, du kommst jetzt mit mir. Du, Soja, wartest hier.«

Ich saß allein auf meinem Klappstuhl und dachte darüber nach, ob Joe wirklich Joe hieß und wohin er dich wohl gebracht haben und was er dort von dir wollen könnte und warum er die Kontrollettis, die sein Plan vorsah, als »Begleitgroupies« verspottete und wie schwachsinnig die Wortkreation »arschklar« war, erst recht, wenn sie aus dem schmallippigen Breitmaul eines pseudoautoritären Laubfroschs kam, der sich auch noch Joe nennen ließ, ausgerechnet Joe.

Dann erhob ich mich, ging jedoch nicht rauchen, sondern in dem Zimmer umher, das offensichtlich gerade erst eingerichtet und bezogen worden war. Es gab keine Grünpflanze, in den Regalen kein Buch, nicht einmal eine Henkeltasse oder ein Stofftierchen, kein Bild, außer dem vom Comandante, nicht auf der Resopalplatte des Schreibtisches und nicht an den frisch geweißten Rauhfasertapeten, nur einen riesigen, dezent für das populärste Produkt eines Westberliner Pharmakonzerns werbenden Monatskalender, dessen aktuelles Blatt jemand, vermutlich Joe, in kleiner, akkurater Handschrift mit roten, blauen, grünen Zahlen, Buchstaben, Punkten und Linien gefüllt hatte. Ich studierte die Zeichen eine Weile, wußte mir das pedantische Chaos aber nicht zu deuten.

Als ihr zurückkamt, hattest du rote Flecken im bleichen, feucht glänzenden Gesicht und machtest dennoch einen irgendwie erleichterten Eindruck. Auch Joes Miene wirkte nicht mehr ganz so gewollt grimmig, sein Blick stumpfer, womöglich gar ein wenig enttäuscht oder einfach nur müde. Uns beide Hände hinstreckend, dir seine rechte, mir seine linke, sprach Joe: »Seht zu, daß ihr es schafft bis Freitag um neunzehn Uhr. Ich möchte die gesamte Gruppe hier haben. Ist ja nicht auszuschließen, daß tatsächlich mal Berufstätige darunter sind, deswegen der späte Termin. Die Initiative, Soja, liegt bei dir. Auf Harrys bucklige Bekanntschaft werden wir wohl kaum zurückgreifen können. Und sag deinen Leuten, daß es pro Stunde, die sie Harry widmen, eine Mark Aufwandsentschädigung gibt, plus Fahrgeld und einer Pauschale für Essen, Waschmittel, Briefmarken. Das dürfte ihnen die Entscheidung ein wenig erleichtern.«

Joe ließ mich los, aber dich noch nicht – und ulkig verdreht, wie ein Komiker, der Kleiner-Mann-guckt-durchs-Teleskop spielt, stand er vor dir, versuchte, obwohl du den Kopf gesenkt hieltest, in deine Augen zu blicken. »Du kommst morgen um elf wieder zur Urinkontrolle und an jedem der folgenden Tage auch, bis ich es neu festlege. Wenn das nicht klappt, ist der Rest der Show gestorben, und ich rufe deinen Bewährungshelfer an.«

Nach diesen Worten dirigierte uns Joe mit rechtwinklig erhobenen Armen und gespreizten Fingern zur Tür; in deren Rahmen und dem Widerschein des grellen, flackernden Neonlichtes ähnelte seine Silhouette der eines gestellten Verbrechers – oder der eines Verkehrspolizisten auf einer Berliner Straßenkreuzung bei Einbruch der Dunkelheit.

Während wir die Eisenacher Straße hinab- und der U-Bahn-Station entgegenliefen, legtest du mir den Arm um die Schulter, die Hand in den Ausschnitt. Dein warmer Atem an meinem Hals bewirkte, daß sich mir die Nackenhaare sträubten. »Und, Soja«, hauchtest du mir ins Ohr, »gehen wir noch einen Kakao trinken?«

Ich schüttelte den Kopf, aber du zogst mich zum nächstbesten Lokal; und als wir über dessen Schwelle getreten waren, wolltest du plötzlich gar keinen Kakao mehr, sondern »einen doppelten Baileys mit ganz vielen Eiswürfeln«. Für mich bestelltest du, ohne daß du mich gefragt hättest, ein halben Liter Weizenbier.

In der Nacht zum Dienstag konnte ich nicht schlafen, und nicht nur, weil du keine Anstalten machtest, dies mit mir zu tun. Kaum lagst du auf deiner Matratze, da warst du auch schon nicht mehr ansprechbar. Einige Zeit bemühte ich mich, dir durch die ausnahmsweise ganz geschlossenen, nur ein wenig flatternden Lider in die Augen zu schauen, dich so womöglich zurückzuholen aus dem Traum, der dir die Stirn furchte. Doch dann verließ ich die Matratzenkante, suchte – jedes Geräusch vermeidend – mein Telefonheft, einen Block Papier und einen Bleistift. Um besser nachdenken zu können, stellte ich noch eine Flasche Wein und ein Glas zu dem Aschenbecher auf dem Küchentisch.

Wen wollte ich zu uns ins Boot bitten? Ich kannte hier

noch nicht viele Menschen. Und warum sollten unter denen welche sein, die begriffen, daß ich sie brauchte, weil ich dich brauchte, einen Junkie, wenngleich der offenbar sauber war, jedenfalls die heutige Urinprobe bestanden hatte? Die Sache würde Zeit kosten, das Pünktlichkeitsgebot abschreckend wirken auf diese freiheitsliebenden Geister, Tagediebe wie wir.

Ich ging mein Telefonheft durch, übertrug etwa fünfzehn Namen und Nummern auf das obere Blatt des Schreibblocks und sagte mir, daß acht davon genügen würden. Aber was, wenn jene, die ich zu überreden hoffte, dann nicht durchhielten, wenn sie, vielleicht weil ihnen auf einmal in den Sinn kam, daß sie verreisen müßten, das Handtuch warfen, lange bevor die zwei Monate verstrichen waren? Mir fiel ein, daß ich Joe danach fragen könnte – oder lieber doch nicht? –, und glücklicherweise auch wieder das Geld, von dem er gesprochen hatte. Schließlich war keiner der rund zwanzig in Frage kommenden, also diesseits der Mauer lebenden Erwachsenen, deren Koordinaten ich immerhin besaß, so wohlhabend, daß er ein bißchen zusätzliche Kohle nicht gerne mitnehmen würde. Und zwei von den acht, die wir laut Joe mindestens sein sollten, hatte ich ja schon beisammen: mich und sehr wahrscheinlich Christoph. – Christoph, der sich, wie ich nur zu gut wußte, nicht für jede Frau, ansonsten aber leicht begeistern ließ, würde sich freuen, daß er aus dem Rennen war, weil ich nun dich gefunden hatte, und mir den kleinen Freundschaftsdienst nicht verweigern. Und notfalls konnte ich ja versuchen, ihn zu erpressen, indem ich ihm die Partnerschaft am Blumenstand aufkündigte, was meine, also unsere, Probleme jedoch nur verschärfen und vergrößern würde. Denn wenn du nicht völlig klamm gewesen wärst, hättest du dir nicht bereits am Morgen unseres zweiten gemeinsamen Tages wortlos einen Zehner geliehen, und ich hätte vorhin weder deinen Baileys noch mein Bier allein aus meiner Tasche bezahlt. Darüber, wie es wirtschaftlich weitergehen soll, werde ich mit dir reden müssen, gleich nachher, wenn du wieder wach bist, so behutsam wie möglich, so deutlich wie nötig, dachte, dachte, dachte ich und starrte, fast blind vor Müdigkeit, in mein schon wieder leeres Glas.

Es dämmerte, als ich den Kopf vom Küchentisch hob, die drei ausgetrunkenen Weinflaschen in die Mülltüte steckte, mir das Gesicht wusch, die Butter aus dem Kühlschrank und das Brot aus der Tüte holte. Ich kippte ein Glas Leitungswasser, kochte Kaffee, den ich in eine Thermoskanne umfüllte, schmierte mir eine Stulle, die ich mit zwei Bissen verschlang, zog mich an, verstaute meine geschrumpften Finanzen im BH und schaute noch einmal zu dir hinein.

Die Morgensonne fiel schräg durch die schmutzigen Fensterscheiben auf deine feucht glänzende Stirn. Ich hob die Bettdecke an, unter der du, wie ich gerührt bemerkte, wieder meinen Bademantel trugst, strich dir übers Haar, die Augenbrauen, die Lippen; du spürtest nichts. Ich wußte, wenn ich mich jetzt hinlegte, würde ich bis mittags schlafen, doch ich mußte ja in wenigen Stunden die Kandidaten für unsere Gruppe anrufen. Was, außer ein bißchen draußen herumlaufen, hätte ich bis dahin tun sollen?

Ich war schon beinahe unten, als eine diffuse Vorsicht,

die ich nicht Argwohn nennen möchte, mich veranlaßte, wieder umzukehren und die beiden Hundertmarkscheine, die ich für Notfälle hinter der Duschkabine deponiert hatte, auch noch mitzunehmen.

Zu so früher Stunde war ich lange nicht mehr auf den Moabiter Straßen unterwegs gewesen, und die wiederum waren leer, wie ich sie selten, richtiger noch nie gesehen hatte. Kaum ein Auto störte die ungewohnte Stille; nur die Mauersegler schrien hoch oben am wolkenlosen Himmel und jagten Insekten oder einander. Ein Mann hielt seine besoffene Visage aus dem weit offen stehenden Fenster der schließzeitlosen Kneipe an der Ecke Waldstraße/Turmstraße, blinzelte verstört, wich zurück, schloß den Vorhang und war von der Welt getrennt. Auf ein blühendes Rotdornbäumchen kam ein Schwarm Spatzen zugeschwirrt; die Vögelchen ließen sich nieder in dessen Zweigen und begannen zu schimpfen, nicht laut, eher ängstlich-schrill, als wüßten sie, daß sie gerade das Falsche taten, aber nicht, was das richtige wäre. Der Glasbruch, mit dem das Deck eines am Westhafen vor Anker liegenden Kahns hoch beladen war, funkelte so verlockend bösartig, daß ich weder genauer hin- noch konsequent wegsehen konnte.

Ich setzte mich auf die Kaimauer, entzündete die nächste Zigarette am Stummel der vorigen und schaute über das Wasser der Spree. Die Wärme der Sonne lähmte den, wie ich glaubte, schon bald zu sinnvoller Aktivität heranreifenden Aktivismus, der seit deinem Erscheinen mehr als du selbst von mir Besitz ergriffen hatte. Stimmte es vielleicht nicht, daß mir eine Aufgabe zugefallen, ja geschenkt worden war, daß ich endlich mal wieder kämpfen konnte, wie ich es bislang immer gekonnt hatte, nicht gegen etwas, sondern um jemanden, der mich brauchte, dessen »Schicksal«, wie er, wenngleich lachend, gesagt hatte, nun »in meinen Händen« lag?! Ich sah dein schlafendes Gesicht vor mir, so blaß, so voller Vertrauen in mich, daß auch ich zu hoffen wagte, die nächsten Wochen und Monate würden märchenhaft, ein Kinderspiel – mit einer zehnköpfigen, also drachenstarken Mannschaft, zu der uns, dir, mir, Christoph und Joe, bloß noch sechs Häupter fehlten.

Kurz nach acht Uhr bezahlte ich am Tresen der Westhafenkantine ein Tetrapack Kakao und eine halbe Hackepeterschrippe und setzte den Spaziergang, zu dem ab jetzt womöglich mein ganzes weiteres Leben würde, sehr gemächlich fort.

Um zehn war ich wieder am U-Bahnhof Turmstraße. Und da ich fürchtete, daß außer Christoph kaum einer von denen, die ich für unsere Sache gewinnen wollte, vor elf Uhr wach wäre, erstand ich bei Karstadt noch ein Portemonnaie, das ebenso billig war und aussah wie das verlorengegangene, und einen ziemlich teuren roten Bademantel, denn du solltest meinen behalten dürfen; aber ich würde auch einen brauchen, wenigstens ab und an.

»Muß das durchhalten, egal wie. Um so schöner wird's wieder. Mehr als abends zwei, drei Faustan sind nicht drin, wenn Triaden-Joe es nicht bald mal bleiben läßt, seinen Pappenheimern beim Pissen auf den Schwanz zu glotzen. Aber warum sollte er? Dürfte schwer sein, dem

eine gefakte Urinprobe unterzujubeln, der kennt die Tricks, ist kein Sozialarbeiter. Und richtig verduften, nach Spananien oder so, geht nicht, mangels Asche. Mit den Bimboaugen, die ich jetzt habe, kauft mir kein Aas was ab.«

Du warst wieder nicht zu Hause; doch ich wußte ja, daß du Punkt elf bei Joe zu sein hattest und frühestens in einer Stunde zurück sein konntest. Also setzte ich mich hin, zog mir das Telefon in den Schoß. Sonst fing ich immer mit dem Schwersten an, aber diesmal war das Einfachste schon schwer genug. Es war mir peinlich, Menschen, die ich kaum kannte, um Hilfe zu bitten, ihnen zu offenbaren, daß ich jemanden, den ich auch kaum kannte, um jeden Preis bei mir behalten wollte und daher auf sie angewiesen war.

Christoph, dessen Nummer ich zuerst wählte, obwohl ich annahm, er sei um diese Zeit eh schon unterwegs, meldete sich nach dem zweiten Klingelton. »Du bist es, wie schön. Gerade war ich im Begriff, dich anzurufen«, sagte er fröhlich, ließ mich nicht zu Wort kommen und erzählte, daß er krank sei, »krank geschrieben«, weil die Uni nun gar nicht mehr auszuhalten sei und er Lust hätte, Bruce übers Wochenende nach London zu begleiten. Ob ich gleich noch einmal »Blumendienst schieben«, ihn also nächsten Samstag vertreten könne, fragte er.

Ich witterte Morgenluft, warf mich in seinen Redefluß: Mach ich glatt, allerdings nur, wenn du bereit bist, mir, genauer uns, in einer enorm wichtigen Angelegenheit unter die Arme zu greifen. Mit dieser Eröffnung hatte ich Christophs Aufmerksamkeit erzwungen und schaffte es sogar, ein paar zusammenhängende Sätze loszuwerden über dich, mich, Triaden-Joe. Bitte, Christoph, sagte ich, du brauchst ja erst mal nur zu diesem Gruppentreffen zu kommen, danach sei meinetwegen krank oder sonstwo. Ich vertrete dich, am Stand und auch bei Harry, sooft du willst, wann immer du was Besseres vorhast und keine Zeit zum Jobben. Ich gebe dir auch gerne ein Drittel ab von der Kohle, die eigentlich deine wäre und mir nur zu- fällt, weil du manchmal verhindert bist. Vielleicht kann ich Franz sogar dazu überreden, daß er was drauflegt; schließlich verhökere ich sein Kraut ganz gut, und außer- dem beginnt jetzt die Hochsaison. Und für Harry, daß du es nur weißt, gibt es auch Knete; die kriegst du – und meine gleich mit, unabhängig davon, ob du selbst dich um Harry bemühst oder ich deine Schichten übernehme.

»Na ja«, sagte Christoph, »da ihr beide, also du und dieser Harry, ohnehin unzertrennlich zu sein scheint, tu ich dir wohl nur einen Gefallen, wenn ich deinem süßen kleinen Giftpilz nicht allzu oft das Fläschchen gebe. Aber anschauen werde ich mir den schon mal genauer.«

Ich war wütend auf mich, weil ich mich weit aus dem Fenster gelehnt und Christoph nicht ansatzweise erpreßt, sondern statt dessen großzügig und grundlos bestochen hatte, konnte jedoch wenigstens hoffen, daß er nun nicht mehr nein sagen würde. Und tatsächlich meinte Chri- stoph, da es mir so viel bedeute, lasse er sich »ausnahms- weise hinreißen zu diesem sicher sinnlosen altruistischen Experiment«; auch »die Idee mit der Eindrittelbeteili- gung« an meinen Standeinahmen fand er »durchaus ak- zeptabel«.

»Habe die Straßenseite gewechselt, auf Nichterkennen gemacht und doch genau gesehen, daß T. mich gesehen hat. Der wird das Maul nicht halten. Nur: Wo wollen die mich suchen? Der einzige, der es weiß, ist mein alter Kumpel B. Trotzdem muß ich den noch irgendwie briefen, dazu aber erst mal finden. Und seit vorgestern ist er wie vom Erdboden verschluckt.«

Christophs mit Absicht schmalzig genäselte Grußfloskel »Tschau, Bella« dröhnte mir noch im Ohr, und ich überlegte, wie ich weiter vorgehen sollte, alphabetisch oder nach Intuition, als du lautlos hinter mich tratest, meinen Nacken berührtest. Ich erschrak, weil mir in dem Moment nicht einfiel, daß ich dir meinen Zweitschlüssel neben die Matratze gelegt hatte. Du warfst mir eine verschnörkelte grüne Plastikhaarspange hin, nahmst sie wieder zur Hand, ergriffst mit der anderen eine meiner Ponylocken, stecktest sie fest, geschickt wie ein Friseur, küßtest mich aufs Haupt und meintest, das sehe wirklich schön aus.

Du warst lange weg, sagte ich.

»Mußte ja auch die ganze Kiste durchwühlen, um das Teil zu finden«, sagtest du, so friedfertig, als hättest du das Vorwurfsvolle in meiner Stimme gar nicht bemerkt. Deine Finger streichelten die Spange und meinen Kopf, der leerer und schwerer werdend gegen deinen Bauch sank. Ich wollte nicht mehr daran denken, daß ich noch diese Menschen anzurufen hatte, sondern dein Hemd öffnen, dir meine Zunge in den Nabel und dich zu Boden drücken, aber ein unauflöslicher Rest von Verantwortungsgefühl war dann doch stärker und neutralisierte das geile Gemisch aus Ignoranz, Arroganz und Sehnsucht, das sich meiner oder sogar unserer bemächtigen wollte.

Kennst du eigentlich auch jemanden, der mitmachen könnte, fragte ich.

Dein Blick, der meinen nicht erwiderte, wurde weich und ungenau, als müßtest du gleich weinen. Im dazu passenden Tonfall sagtest du »vielleicht«, zogst ein braunes Lederimitatetui aus der Gesäßtasche deiner Jeans und entnahmst ihm zwei etwas verblichene Farbfotografien; auf der einen waren ein schwarzes Pferd und dessen sehr schöne junge Reiterin zu sehen, auf der anderen dasselbe Mädchen allein in einer Sofaecke sitzend. An die Halbkugeln seiner hohen, von keinem BH beengten Brüste, zwischen denen eine lange Perlenkette baumelte, schmiegte sich ein ärmelloses hellblaues T-Shirt. Das in der Mitte gescheitelte, üppig-glatte Blondhaar reichte ihm bis zu den Schultern; konzentriert, mit leicht geöffnetem, ungeschminkt rotem Mund und gesenktem Blick unter dichten Wimpern drehte es sich, erkennbar elegant, eine Zigarette.

»Das ist Maria«, sagtest du, »die ist sauber wie ein Wassertropfen, hat nur irgendwann nicht mehr zurückgeschrieben.« Und weiter erzähltest du von dieser Maria, der »Tochter echter Christen«, die in einem »Dorf bei Münster lebt« und ein »Herz für Langstrafler hat«, was für ein sanftes Wesen die sei und wie ergreifend schlicht gerade ihr letzter Brief auf gelbem Papier. Dreimal habe sie dich auch im Knast besucht, dir Bibelstellen vorgelesen, deine Hand gehalten, dich angesehen aus ihren »riesigen blauen Kulleraugen«, doch nie wärst du auf die Idee gekommen, sie »anzubaggern« oder eine der Fotografien, um die du sie eigens gebeten hättest, als »Wichsvorlage zu mißbrauchen«.

Münster, sagte ich trocken, ist das nicht ein bißchen weit weg? Ich hatte Mühe, dir zu verbergen, daß ich eifersüchtig war – und neidisch, vor allem das. An sich neige ich nicht zur Eifersucht, seit ich älter bin, schon gar nicht mehr. Aber wenn mich dies unwürdige, nichts als ein mieses Bedürfnis nach Besitz verratende Gefühl dereinst doch mal packte, bestand es überwiegend aus Neid – auf die Reize jenes anderen, schöneren Menschen. Im Falle dieser Unschuld vom Lande, die auch noch Maria hieß, gab mir deine scheinheilige Schwärmerei für deren angeblich so kostbare Reinheit den bösesten Stich. Gestern hattest du dich von mir nur vögeln, dir aber keinen blasen lassen wollen, und heute?! Während ich dabei war, deine Haut zu retten, gestandest du mir ohne Rücksicht auf Verluste deine Liebe zu einer womöglich noch minderjährigen, fadendünnen, semmelblonden Pferdenärrin, die sich nicht einmal Fertigzigaretten leistete, sondern ihre – übrigens so gar nicht zu einer Maria passende – Rauchlust mit Tütenknaster befriedigte, wahrscheinlich, weil ihr knapp bemessenes Taschengeld sonst nicht reichen würde, für Hafer, Striegelfett, falsche Perlen und gelbes Blümchenbriefpapier.

Nein, Harry, ich fragte nichts mehr, auch nicht nach Marias Nummer und Adresse. Und daß ich die nicht kennenlernen, also nicht bei der Gruppe haben, sondern für immer in der Kirche ihres zum Glück mindestens acht Zugstunden von uns entfernten Dorfes oder auf ihrem Scheißgaul durch die dunkelsten Wälder irren lassen wollte, das wenigstens konntest du wohl begreifen; denn

72

ohne ein weiteres Wort zu verlieren, stecktest du die beiden Bildchen zurück in deine Arschtasche – und nie wieder kamen sie zum Vorschein.

Eine Weile standest du noch bei mir am Tisch, ließest schweigend mein beleidigtes Schweigen über dich ergehen, dann knurrtest du »bin müde« und zogst, samt Bettzeug und Matratze, in die Küche. Es sah nicht so aus, als wünschtest du, daß ich dir folge.

Meine ob der Maria-Episode gesunkene Stimmung bewirkte wohl, daß ich die nächsten Telefonate in einer nicht allzu flehentlich klingenden Tonlage führte und dies wiederum, daß ich – drei Stunden und siebzehn Anrufe später – nicht nur die nötigen acht Männer und Frauen beisammen, sondern sogar noch einen Reservisten gewonnen hatte.

Stolz eilte ich zu dir in die Küche, baute mich mit verschränkten Armen vor deiner ruhenden, möglicherweise auch wirklich schon wieder schlafenden Gestalt auf und sagte sehr laut: Hey, Harry, die Sache ist geritzt. Ich hab uns neun Schutzengel eingefangen. – Weil es von Anfang an so war, frage ich mich, ob du es überhaupt hättest bemerken können, doch jedesmal, wenn ich mich zu dir sprechen hörte, wurde ich mir ein wenig fremd, denn die Worte, die ich gebrauchte und von denen ich annahm, daß sie deinen Geschmack trafen, waren immer andere als jene, die ich kurz vorher gedacht hatte. Ich übte eine Rolle, die mir gefiel, aber nicht lag; ob du das durchschautest, mein falsches Spiel trotzdem mochtest, das, Harry, wüßte ich gern – und nicht nur aus Eitelkeit.

VIII

»Da habe ich mir vielleicht ein paar putzige Pappnasen an-
gelacht. Am komischsten ist Clara, eine nach Nuttenpar-
füm stinkende, Liebeslyrik schreibende, ultralinke Qualle,
die früher mal beim Ballett gewesen sein will. Die hat garantiert was übrig für so knackige Knackis wie mich. Ich
werde sie Clärchen nennen und mir um den kleinen Finger wickeln. Auch Marlene, das reife Schwarzwaldmädel,
dürfte kaum Streß machen. Sieht aus wie ein Schluck Es-
sig mit Pudelfrisur, singt aber in einer Band und schwärmt
für die Doors. Sagt, sie hätte alle Platten. Da kommen
doch schöne Stunden auf mich zu! Dann gibt es noch Julia, eine womöglich schon vor der Pubertät vertrocknete,
in jeder Hinsicht brettflache Tante, die aus grünen Stofftieraugen traurig in die Runde glotzte und meinte, es sei
ihr lieber, wenn wir Juli zu ihr sagen, denn sie hätte sich
gerade von einem Romeo getrennt. Juli bedient nachts das
Bereitschaftstelefon der Bestattungsfirma Grieneisen, obwohl sie gelernte Goldschmiedin ist. Die letzten drei Jahre
hat sie den Sommer über auf Formentera selbstgebastel-
ten Modeschmuck verkauft. Aber das läßt sie dieses Jahr
ausfallen, zum einen meinetwegen und dann, weil sie die
sauer verdienten Flöhe sowieso gleich wieder springen lassen müßte, für Hotelzimmer, Strandliege, Sangria. Einer
heißt Frank, ist Maler und aus dem Osten, ein vollbärti-
ger, alter Zausel, der meinte, daß ich meine Zeit mit ihm
ja als Modell absitzen könnte. Geht klar, habe ich gesagt,
Porträt oder Akt? Seine Frau Hanna, die auch zu unserem Club gehört, hat Beine bis zum Hals, Pfoten wie ein

Maurer, den Mund von Klaus Kinski und den gleichen Be-
ruf wie der. Die wollte bloß wissen, ob ich spülen, putzen,
bügeln kann. Werde ich alles einmal machen, und zwar
so, daß sie mir solchen Scheiß nie mehr zumutet. Thomas,
ein blonder Niederrheiner, und sein Kumpel Christoph,
ein knubbliger Bayer in Lederjeans, halten sich für echte
Draufgänger. Aber wovon sollten die draufgehen? Weiß
der Geier, was die sich vorstellen. Kontakte? Tips, wie
man wo drankommt? Bißchen Karate lernen bei Harry,
dem Grizzly? Der Ersatzmann heißt Marc, ist Amerika-
ner, Bildhauer, die Ruhe selbst und der einzige von denen,
der mir irgendwie imponiert.«

Über mich, Harry, kein Sterbenswort, nicht einmal hier,
in dieser vergleichsweise ausführlichen Passage deiner
Aufzeichnungen – oder wie du das nennst. Warum bin
ich abwesend, als wären wir einander nie begegnet? Mein
einer, der freundlichere, Verdacht ist, daß du befürchtet
hast, dein Heft könnte bei einer Hausdurchsuchung, einer neuerlichen Festnahme, einem überraschenden Besuch
von alten Bekannten ... in fremde, also falsche Hände ge-
raten; und um diesem Fall vorzubeugen, jede auch nur
vage in meine Richtung deutende, eventuelle Textinter-
pretation von vornherein auszuschließen, hieltest du es
für notwendig, mich komplett zu unterschlagen. Meine
andere, dir kein edles Motiv zubilligende und für mich
selbstredend schmerzhaftere, aber mit der ersten durchaus kompatible Vermutung ist die, daß ich dir so gleichgültig war wie alles auf der großen weiten Welt, außer deinem Lebenselixier und der Angst davor, wieder im Knast
zu landen.

Anyway, wie du sagen würdest; darüber, was du wirklich von mir hieltest, ob und in welchem Maße du mich mochtest, kann ich mich um den Verstand spekulieren, denn ich war dir, entschuldige, wenn ich mich wiederhole, ja keine *geschriebene* Silbe wert – oder eben so viel, daß du dir jede *nachlesbare* verkniffen hast. Ohne mein Elefantengedächtnis, in dem unsere meist ziemlich einseitigen Gespräche bewahrt sind wie in einem Buch, müßte ich glauben, ich hätte nur geträumt, träumte noch immer – und nicht bloß die Worte, die wir wechselten, auch all das, was du mit mir, für und gegen mich getan oder eben unterlassen hast.

Doch woher, zum Teufel, rührt diese rüpelhafte Arroganz auf Heftseite neun, die deine dilettantischen, aber den Porträtierten nicht ganz unähnlichen und manchem deiner Texte in puncto Gemeinheit mindestens ebenbürtigen Bleistiftzeichnungen auf den Seiten zehn, elf und zwölf so schamlos offenbaren?

Ach, Harry, du falscher Hase, was hat dich bewogen, jene, die dir doch beistanden, wenngleich mal mehr, mal weniger eifrig, nicht mit einem Pseudonym oder nur dem jeweiligen Anfangsbuchstaben, sondern klarnamentlich zu benennen? Wie soll ich da noch meinen Vorzugsverdacht hegen und glauben können, du hättest mich verschwiegen, um mich zu schützen? Es wäre für jeden Blödbullen, ja selbst die kaum helleren Jungs von deiner Seite der Front, ein leichtes gewesen, über Stichwörter wie Triade und die authentischen Rufnamen der anderen an unserer Gruppe Beteiligten auf mich zu kommen. Und weshalb verschont dein bodenloser Undank gerade Marc? Und was, außer Gutem, haben Joe, Clara, Marlene, Julia, Frank, Hanna, Thomas und Christoph dir getan?! Warum diese Häme gegen jene, die dir helfen wollten, auch geholfen haben, und sei es nur mir zuliebe?

Ja, Clara war eine alte, schwabbelige, aber überhaupt nicht gutmütige Seekuh, der keiner ein Wort glaubte, schon gar nicht, daß sie einst im Tutu über irgendwelche Provinzbretter hüpfte. Und zweifellos verfaßte sie die peinlichsten und auch noch herzlosesten Liebesgedichte, manchmal zehn bis zwanzig am Tag, und sicher quälte sie uns bei jeder Gelegenheit mit ihrem von der Sozialistischen Einheitspartei Westberlin gesponserten ideologischen Gewäsch. Aber hat sie dir nicht dennoch staubtrockene Kekse gebacken und dünnen Tee gekocht? Hat sie dich etwa nicht auf die Sekunde genau zu den Therapiestunden abgeliefert, einmal sogar schon morgens um acht?

Und Marlene, die das R rollen konnte wie ein Kanarienvogel, ist mit dir Sauer-scharf-Suppe essen gegangen, hat dich, wie du mir einmal gestandest, manchen Abend in den Schlaf gesungen – und womöglich auch um denselben gebracht, denn allem Anschein nach gefiel sie dir, oder du warst der schlimmste Heuchler aller Zeiten.

Und Juli, der du hin und wieder viel zu tief in die *grünen Stofftieraugen* blicktest? Die schenkte dir ein angeblich selbstgeschmiedetes Silberkettchen, das du seither nie mehr abgelegt hast. Nicht nur deshalb mochte ich sie nicht, diese dumme, faule, sentimentale, magersüchtige und trotzdem ziemlich charakterlose Ziege.

Und Frank, der keine Knastanekdoten von dir erwartete, wenn ihr stundenlang durch die Gegend streuntet, der dir Eis und Kuchen kaufte, soviel du wolltest, und

Socken, die für drei brasilianische Riesentausendfüßler gereicht hätten, dem du deine fiesen Karikaturen nie gezeigt hast; womöglich, weil du immerhin ahntest, wie gut seine waren. Auf den Blättern, die dich darstellten, übrigens niemals nackt, sahst du aus wie einer, der lebt: mutig und mißmutig, traurig und komisch, schlau und dumm, und all das zugleich.

Und Hanna, die dich lehrte, Bettbezüge zu bügeln, und – während sie dir dabei zusah – voller Spott und Sehnsucht von Erfurt erzählte, ihrer für dich sehr fernen Geburtsstadt in Thüringen, die dir ihre Rollen vorspielte und dich fragte, ob dir die Figur, die sie gerade einübte, gefiele, die dich also ernst nahm wie ihr abendliches Publikum?

Wohl wahr, Thomas und Christoph wußten nicht allzuviel mit dir anzufangen, doch das stellte sich erst später heraus und hatte einen schwerwiegenden Grund, der sich auch erst später herausstellte. Von da an gingen auch Clara, Marlene, Hanna und selbst Juli auf Distanz zu dir, aber nicht Frank, nicht Marc, nicht ich, nicht einmal Joe, der die Bombe schließlich fallen ließ – und dich ebenso hätte fallen lassen können – aus genau diesem Grunde, auf den ich, wie du dir denken kannst, noch mal zurückkommen werde.

Wir beide waren an jenem Freitag abend, an dem sich unsere Gruppe zum erstenmal treffen sollte, schon eine halbe Stunde vor der vereinbarten in der Eisenacher Straße. Du trugst das neue »anarchistenschwarze« Hemd, das ich dir unterwegs gekauft hatte, weil es, wie du fandest, »so sophisticated« aussah, ich die Tüte mit deinem alten Sweatshirt. Während ich bang in Richtung U-Bahn-hof spähte, eine Zigarette nach der anderen rauchte und mir gelegentlich die schwitzenden Handflächen abtrock-nete, indem ich dir über den breiten, vom flauschigen Feincord verhüllten Rücken fuhr, gabst du den Coolen, zogst dir den Kamm durchs Haar, kautest Pfefferminz-bonbons, machtest Dehnübungen.

Tatsächlich kamen alle, die sich bereit erklärt hatten, früh genug, warfen scheue oder neugierige Blicke auf dich und einander, begrüßten mich, stellten kaum Fra-gen, folgten uns den Gang hinab bis vor Joes Tür, gelas-sen, als erwarte sie dahinter bloß irgendein kostenloser Schnupperkurs der Volkshochschule.

Joe, der uns Punkt neunzehn Uhr einließ, reichte wieder weder dir noch mir, noch sonstwem die Hand. Einer der drei Schreibtische, vermutlich Joes, war beiseite gescho-ben worden; statt dessen standen dort im Halbkreis zwölf Stühle.

»Na, dann guten Abend. Wenn ihr nun bitte Platz nehmen wollt«, sagte Joe betont beiläufig; aber wenn ich mich recht erinnere, glomm, als unser beider Blicke einander trafen, in seinen Augen doch so etwas wie kom-plizenhafter Respekt vor mir oder zumindest dem organi-satorischen Ehrgeiz, den ich bewiesen hatte. Denn ohne Menschen mit solcher Energie, das schien Joe genau ge-nug zu wissen, wäre er seine sicher gut bezahlte Arbeit mangels Klientel bald los gewesen.

Joe, der sich nicht setzte, sondern wie ein Dozent im Hörsaal vor uns auf und ab schritt, erklärte nochmals, daß er »der Joe sei, nur Joe«, und daß es etwas Geld für dich gebe und dann den Sinn der Therapie, deren Gelingen von unser aller »Engagement« abhinge, davon, daß wir »die Regeln« einhielten, was natürlich »mehr als für jeden anderen hier« für dich gelte. »Ich weiß«, sagte Joe, »wovon ich rede. Ich hab mir selber Dope für ne schlappe Million in die Venen gejagt, und im Knast war ich auch lange genug. Du, Harry, bist aus meiner Sicht ganz am Anfang, keinen Tag älter, als du es bei deinem ersten Schuß warst. Zwölf, höchstens dreizehn bist du, und nichts und niemand, nur ein doofer, gieriger, unnützer Junkie ...«

An dieser Stelle unterbrachst du Joe. »Was heißt hier Junkie«, krähtest du mit seltsam dünner Stimme und halb von deinem Stuhl hochgefahren, »ich unterstütze den kurdischen Befreiungskampf.«

Schon möglich, daß du diesen Einwurf lustig gemeint hattest, doch außer Clara lachte keiner. Joe schenkte dir einen langen, gnädig-überlegenen Blick, der mehr sagte als die Worte, die ihn begleiteten: »Ist gut, Harry.«

Nach einer Verlegenheitspause, die nicht einmal er zu genießen schien, forderte Joe, damit du wüßtest, was dir bevorstünde, jeden von uns auf, seinen Namen, seine Telefonnummer, seinen Beruf und seine »Hobbys« zu nennen. Dann fragte er bloß noch, ob wir Fragen hätten. Wir hatten keine; nur Thomas erkundigte sich, wo und wann »der Lohn für die Mühe« denn nun ausbezahlt würde. »Einmal im Monat«, beschied ihm Joe, »wenn wir uns hier wiedertreffen. Also immer schön die Stunden aufschreiben. Und vergeßt nicht, der Junge muß pünktlich sein. Sollte es irgendwelche Probleme geben, ein Anruf genügt.«

Wir waren alle Raucher und deshalb froh, daß uns Joe so bald entlassen hatte. Eine Querstraße weiter links, im Café *Schwanensee,* bestellten wir uns Cola oder Bier und machten nebenbei den »Harry-Plan« für die nächsten zwei Wochen. Es ging leichter, als ich es für möglich gehalten hatte, zumal ja schon klar war, daß du die Wochenenden meistens bei mir verbringen würdest und ich immer bereit wäre einzuspringen, wenn jemand mal nicht könnte.

IX

In der folgenden Zeit warst du kaum einen Moment solo. Einander abwechselnd brachten wir dich zu den Therapiestunden, die du mit vier weiteren, uns nicht näher bekannten Süchtigen oder einer Triade-Kraft, meist Joe, alleine zu bestreiten hattest. Wenn du fertig warst, wartete derjenige von uns, der gerade dran war, schon draußen vor der Tür, und du mußtest ihm folgen, wohin auch immer er wollte – oder sie, in ein Kino, ein Lokal, eine Wohnung, seine, ihre, meine ... Du durftest nicht mehr ohne Begleitung unterwegs sein, auch nicht zu den Urinkontrollen, die aber bald bloß noch alle zwei Tage fällig waren und manchmal nicht vom strengen Joe, sondern von diversen Praktikanten beaufsichtigt wurden.

Diese morgendlichen Reisen in die Eisenacher Straße unternahmen fast immer wir beide, weil es sich die anderen Groupies zur Gewohnheit machten, dich prinzipiell samstags und sonntags und oft auch für die Nächte unter der Woche bei mir ab- oder einzuliefern. Ich habe nie gefragt, warum. Womöglich war ihnen, während sie schliefen, die Verantwortung zu groß, oder sie befürchteten, du könntest ihr Liebesleben belauschen, ihre Kühlschränke leer fressen, mit ihren Geldbörsen durchbrennen ... Doch vielleicht wähnten sie dich bei mir, deiner festen Freundin, auch einfach nur am besten aufgehoben.

Der erste Monat lief ganz gut. Wir lebten von meinem Arbeitslosengeld und dem Teil der schwarz verdienten Blumenkohle, die ich nicht an Christoph abdrücken mußte. Wenn ich nicht mit dir zum Pinkeln fuhr oder du anderweitig vergeben warst, putzte ich die Bude und anschließend mich heraus, kochte Suppen, erwartete dich und Clara oder dich und Juli oder dich und Frank, denn die kamen gerne noch mit hoch auf einen Teller Linsen und ein Glas Wein.

Sobald wir dann wieder zu zweit waren, schauten wir fern, hörten Marlenes Platten oder lagen still im Dunkeln; du trankst deine Coke, ich meinen Roten. Und spätestens bei der dritten Flasche griff ich nach deinem Schwanz, von dem ich ja glaubte, er gehöre mir. Und eines Abends, ich hielt es im ersten Moment für eine akustische Halluzination, nanntest du mich Baby – und brachtest mich in Schwierigkeiten. Von dir herunterkletternd, stöhnte ich: Nenn mich nicht so, nicht Baby!

»Warum denn nicht«, fragtest du, »Babys sind rosa, weich und süß, genau wie du. Und ein bißchen nach saurer Milch riechst du auch, mein großes, rundes Baby.«

Darauf ich: Ich rieche nicht sauer, ich bin sauer. Sag sonstwas, nur nicht Baby.

Doch du, Harry, hörtest gar nicht hin, sondern wiederholtest unablässig das eine blöde Wort. »Baby, Baby, Baby ...«, sagtest du leise und küßtest meine Mundwinkel, derart raffiniert, daß es mir die Sprache und beinahe den Atem verschlug. Du legtest mich aufs Kreuz und dann dein Gesicht in meinen Schoß, endlich einmal. Und die unartikulierten Töne, die ich von mir gab, gegen meinen Willen, wenn ich so etwas überhaupt noch hatte, klangen wie das Weinen eines Babys, also nicht glücklich, obwohl ich es war.

Irgendwann schliefst du ein, hast ja ohnehin nichts lieber getan als schlafen; ich aber blieb wach und dachte an etwas, das ich Jahre zuvor erlebt hatte. In jener Nacht glaubte ich, diese Geschichte sei das Pendant zu deiner, wenn nicht die Antwort drauf, und wollte sie dir erzählen; doch dabei blieb es. Denn obwohl du dich dazu nie geäußert hast, gewann ich mit der Zeit den Eindruck, daß du Geschichten nicht sonderlich mochtest, weder erzählen noch hören. – Jetzt, Harry, kann ich dich nicht mehr langweilen, kannst du nicht mehr wegpennen, während ich rede, nicht mehr mitten in einem meiner Sätze aus dem Zimmer latschen, Minuten später zu mir zurückkehren und auf deine unnachahmlich sanft abweisende Art fragen: »Und nun?«

Es war an einem Sonnabend im Oktober 63 gewesen. Ich war morgens mit der S-Bahn nach Königs Wusterhausen gefahren, um Pilze zu sammeln, aber eigentlich, um die Schwermut zu zerstreuen, die mir seit Tagen auf dem Gemüt kniete, ohne daß ich den Grund dafür wußte. Doch weil es zu regnen begonnen hatte, kam ich nicht einmal bis zum Waldrand, sondern ging in die Bahnhofskneipe – und blieb dort hängen.

Die Kneipe war voller Männer, merkwürdiger Männer, deren Augen blitzten, obgleich nicht wenige von ihnen schon doppelt zu sehen schienen. Und alle waren sie tätowiert, manche nicht nur an den Armen, auch an Händen und Hals, ja, sogar im Gesicht. Ich erfuhr, daß der längliche tiefblaue Fleck neben dem rechten Nasenflügel eines spröden Kerls namens Wilhelm eine *Knastträne* sei und daß man solche Knasttränen ausschließlich bei »Typen«

finde, die »ein paar Jährchen gebrummt« hatten. – Nicht unwahrscheinlich, Harry, daß mir deine Clownspuppe nur wegen des aufgemalten Tropfens unter dem einen ihrer Glasaugen so suspekt gewesen war; doch vielleicht habe ich diese Assoziation auch erst jetzt, da ich mich an Wilhelm und das Wort Knastträne erinnere.

Er und die meisten der anderen in dem Lokal Versammelten, erzählte mir Wilhelm, seien anläßlich des »höchsten unserer Staatsfeiertage« vor einer Woche amnestiert und gestern entlassen worden aus der »Strafvollzugsanstalt Braunkohlentagebau Regis-Breitingen« bei Altenburg, und nun sei eben »Saufen Fakt«, bis die »paar lausigen Mäuse« für die letzten drei Monate Schinderei im Gleisbau restlos alle und sie »sargdeckelzu« wären.

Ich fragte nicht, wofür er gesessen hatte, nur, warum er sich gerade in dieser Bahnhofspinte vollaufen ließ und nicht nach Berlin weiterfuhr.

»Wir, also ich und die dahinten«, Wilhelm (der sich verbeten hatte, daß ich ihn Willi nannte, zu mir aber unbeirrbar Sonja sagte) wies mit dem Daumen über seine Schulter, »sind aus der Gegend hier, und außerdem war der Wirt auch mal einer von uns. Und dann, wo sollen wir denn hin? Denkst du, unsere Weiber würden auf uns warten? Nee, die stehen nicht im Flatterhemd am Herd und schmoren uns Kohlrouladen, mitnichten.«

Wilhelm hatte starke Schultern, ein indianerrotes Bauerngesicht und alte, glasige Augen. Ich weiß nicht mehr, ob ich mich mit ihm betrank, weil er mir gefiel, oder ob es eher umgekehrt war, bloß noch, daß ich mich nicht lumpen ließ, zumal Wilhelm, trotz der Schnäpse, die er uns alle naselang kommen ließ, weder aus der Rolle noch vom Hocker fiel, sondern bei jeder neuen Lage sein Gläschen gegen meins schob und dazu freundlich »na, denn Prost, Kleene« knurrte.

Stunden später, draußen herrschte schon tiefe Finsternis, war ich breit genug. Wilhelm, der kurz an die Theke gegangen und mit einem Schlüssel in der Hand wiedergekommen war, legte seinen Arm um mich, so fest, daß ich nicht fallen, ja, nicht einmal stolpern konnte, und führte mich quer durch die verqualmte Kneipe auf eine Tür zu. Ich glaube nicht, daß Wilhelm das, was nun bevorstand, dringend wollte oder brauchte. Doch da die Gelegenheit günstig war und ich vorhanden, gehörte es wohl zum Ich-bin-draußen-Ritual. Und Wilhelm hatte reichlich spendiert oder investiert, und irgendwo mußte ich schließlich auch schlafen – und hatte das noch nie getan mit einem wie ihm, einem, der jahrelang Strafarbeiter gewesen, nun aber begnadigt worden war und wer weiß wie kurz nur in Freiheit bleiben würde.

Hinter der Tür lag ein kleiner, muffig riechender Raum. Gelbes Licht sickerte durch den plissierten Schirm einer Stehlampe auf den grünlichen Lappen, der die ausgezogene Schlafcouch bedeckte. Wilhelm mimte nicht den Draufgänger, sah nicht einmal zu, wie ich Sandalen, Bluse, Rock, BH und Schlüpfer ablegte. Erst als ich schon neben ihm saß, meinen nackten Schenkel an seinem noch vom Hosenstoff umspannten wärmte, griff er nach mir, nicht stürmisch, nicht grob, sondern mit ungelenker Vorsicht, als sei ich ein Fremdkörper, der leicht beschädigt oder gar gefährlich werden könnte. Wilhelms Handflächen waren trocken und hart, die Fingerkuppen rissig, so daß jede seiner Berührungen ein wenig kitzelte;

und als Wilhelm mir über den Rücken fuhr, bis hinunter zu der Stelle, an der er sich teilt, hörte ich es knistern, trotz der Kneipengeräusche, die gedämpft, doch nicht allzu leise durch die obere, helleuchtende Türritze zu uns hereindrangen. Schließlich zog auch Wilhelm seinen Ringelnicki aus, öffnete Gürtel und Reißverschluß, bugsierte mich auf die Sofakante, drückte mir mit seinen Knien die Beine auseinander, und doof, aber zielstrebig, wie ein blindes, glattes, zunächst vollkommen eigenständiges Lebewesen, grub sich sein Glied in mich hinein. Während er sich vor und zurück bewegte, ungeduldig und dennoch ohne rechte Konzentration, betrachtete ich die blaugrün-roten Darstellungen auf seinen Schultern, seiner behaarten Brust, seinen Armen. Es gab zwei flammende Herzen, ein Schiff, ein Schwert, einen leeren Galgen, eine Rose, eine Schildkröte mit breit grinsendem Maul, die mir gefiel und die ich zu streicheln versuchte; doch Wilhelm bog den rechten Oberarm, der ihr Zuhause war, so weit von mir weg, daß ich sie nur noch hätte erreichen können, wenn es mir möglich gewesen wäre, den Rumpf zu heben.

War es in jener Nacht, in der ich dir von Wilhelm erzählen wollte, oder in einer anderen? Aber einmal habe ich dich gefragt, warum du keine einzige Tätowierung hättest, obwohl du so lange im Knast warst, und ob derlei in Westknästen vielleicht nicht üblich sei. Du erklärtest, daß sich bei euch nur die Kriminellen »gegenseitig bunt machen« würden. Doch du hättest dich, gerade weil sie dich für »Beschaffungsdelikte« und suchtbedingte Überfälle »kassiert« hätten, immer als Linken betrachtet und nicht als »Ganoven«. Es sei dir nie darum gegangen, dich zu bereichern, nur darum, dich und deinesgleichen zu »versorgen«. Und lediglich jene Drogen zu »illegalisieren«, an denen der Staat nicht mitverdienen könne oder wolle, heiße, »Linke zu kriminalisieren«, sie mit »ganz gewöhnlichen Verbrechern« auf eine Stufe zu stellen, und das sei nun wirklich verbrecherisch, denn vom Staat dürfe »keine Gewalt ausgehen«, jedenfalls nicht von einem, der sich demokratisch nenne. Die Politischen, also die Anarchos, die RAFler und die übrigen Terroristen, würden auch lange »einsitzen« und einander »trotzdem ganz bewußt« keine Bildchen stechen, außer, vielleicht, dem von der Friedenstaube. Aber so ein Friedenstaubentattoo à la Picasso, das schon Ähnlichkeit mit der – ironischerweise weniger für ihre unter den Tauben einzigartige Aggressivität als für ihr schneeweißes Gefieder bekannten – Ringeltaube haben müßte, wäre ja wohl kaum zu sehen, es sei denn auf der Haut eines schwarzen Roten, und einer von der Sorte sei dir bislang nicht begegnet, weder drinnen noch draußen.

Wilhelm war dann doch bald fertig und ich froh, daß er es war. Er schlief ein, was sonst. Ich blieb zwei, drei Stunden neben ihm an der kalten Wand liegen, hörte ihn schnarchen, hatte Durst, fand keine Ruhe. Als das Gemurmel in der Gaststube erstarb, nur noch Gläser gegeneinanderschepperten, weil der Wirt, wie ich richtig vermutete, beim Spülen war, erhob ich mich vom Lager, suchte meine Klamotten zusammen, zog mich an, öffnete die Zimmertür und schloß sie wieder hinter mir.

»Morjen«, sagte der Wirt.

»Wie spät isses«, fragte ich.

Darauf er: »Drei durch. Bald geht die erste S-Bahn.«

Es regnete, heftiger als am Tag zuvor. Ein Blick auf den Fahrplan machte mir klar, daß ich bis zehn Minuten vor vier zu warten hatte. Fröstelnd und hundemüde stand ich am glücklicherweise überdachten Bahnsteig, wußte nicht, ob ich mich hinsetzen oder es bleibenlassen sollte. Einerseits wollte ich die Beine spreizen und von mir strecken, damit ich das Feuchte, Klebrige dazwischen nicht mehr so spürte, andererseits den faden Spermageruch, der, falls er nicht ohnehin in der Luft lag, aus meinem Schoß kam, nicht noch deutlicher wahrnehmen. Und zudem fürchtete ich, daß ich, wenn ich mich erst einmal auf einer der Bänke niedergelassen hätte, sogleich in Schlaf sinken und nicht nur die erste S-Bahn verpassen würde.

Obwohl meine Zunge pelzig war und auch schmeckte wie eine tote Maus, verspürte ich das Bedürfnis zu rauchen. Doch in meiner Umhängetasche fanden sich weder Zigaretten noch Feuerzeug, nur mein Portemonnaie, ein Pilzmesser, drei zusammengefaltete Papiertüten und eine fast leere Schachtel Streichhölzer. Also mußte ich meine angebrochene Schachtel *f6* in der Schankstube oder dem Zimmer dahinter vergessen haben. Da ich ja genug Zeit hatte, wäre ich sicher noch einmal zurückgegangen, wenn nicht auch mein Portemonnaie bis auf ein paar Groschen leer gewesen wäre (Wo war mein bißchen Geld geblieben? Hatte ich in einem trunkenen Anfall von Stolz etwa doch zwei, drei Runden bezahlt?), nicht zum wahrscheinlich noch immer schnarchenden Wilhelm, sondern um an dem Automaten vor der Kneipe ein neues Päckchen zu ziehen.

Ich würde also eine ganze Weile nicht rauchen können; dies zu begreifen, steigerte mein Verlangen so sehr, daß ich hellwach wurde und mein sonstiger Zustand mir gleichgültig. Ich tigerte den Bahnsteig entlang, suchte jeden Quadratmeter und die beiden steinernen Müllkübel nach einer schönen Kippe ab, einer womöglich fast unversehrten Zigarette, die gerade mal angezündet, aber, als die Bahn kam, weggeworfen worden und erloschen war. Ich bückte mich nach zwei, drei jämmerlichen Stummeln, die jedoch so eklig rochen, daß ich sie wieder fallen ließ, und beschloß, lieber für ein paar Stunden auf Entzug zu gehen, da entdeckte ich zwischen den Schienen ein Softpäckchen der Marke *Club,* das offenbar jemandem entglitten und seitlich hochkant gelandet war; es wirkte noch ziemlich prall, und aus dem Loch neben der Banderole lugten etliche Zigaretten hervor.

Ich blickte hinauf zum grauen Himmel, und wenn ich gewußt hätte, wie man das macht, hätte ich gebetet. Meine Begeisterung und meine Gier waren so groß, daß ich an den Abstand zwischen Bahnsteigkante und Gleis keinen Gedanken verschwendete, sondern den Sprung wagte.

Da meine Beute am inneren Schienenrand gelegen hatte, war nur die Hülle etwas feucht, die Zigaretten waren es nicht; gut, ein bißchen klamm vielleicht, aber ansonsten okay. Mit Mühe unterdrückte ich den Wunsch, ein Streichholz anzureißen und mir schon dort unten, in der, wie ich nun fand, doch erstaunlichen Tiefe, Feuer zu geben. Gleich, dachte ich, gleich nehme ich den ersten Zug. Die von dem Wort ausgelöste Assoziation brachte mir wohl etwas von meiner Vernunft zurück, denn ich steckte das Päckchen ein, umkrallte die Bahnsteigkante – und hing daran wie ein Sack. Meine Arme waren völlig kraftlos und Klimmzüge nie eine meiner raren sportlichen Stärken gewesen oder geworden. So sehr ich mich abmühte, ich schaffte es nicht, mich wenigstens so weit hochzuhieven, daß ich die Ellenbogen auf den Betonvorsprung stemmen und versuchen konnte, den Rest meines Körpers eventuell auch noch auszuhebeln. Die Vergeblichkeit meiner Anstrengungen schwächte mich nur weiter, und diese gnadenlose Schwäche paarte sich mit der Angst vor der Zeit, dem Moment, in dem ich ihn würde herannahen hören, den ersten S-Bahn-Zug des Tages.

Das, was ich dann tatsächlich hörte, was schnell näher kam und dumpf und laut dröhnte, war vielfüßiges Getrappel; wie sich herausstellte, das von Menschen, genauer blauuniformierten Männern. Als das Getrappel abbrach, ich hochschaute, erblickte ich Köpfe; Köpfe, die Schirmmützen trugen, und unter den Mützenschirmen grimmige Gesichter. Zwei Pranken ergriffen meine Arme, sehr unsanft, zogen mich hinauf – mit einer Leichtigkeit, die mich verblüffte, aber nicht freute, weil ich ja ahnte, mit wem ich es gleich zu tun haben und was nun kommen würde. – Der Zug kam, kaum daß ich oben war; einer der fünf uniformierten Männer (zwei von ihnen waren, falls ich deren Schulterstücke und Mützenbänder richtig deutete, Transportpolizisten) drehte mir den rechten Arm auf den Rücken, blitzschnell und so grob, daß ein stechender Schmerz an meinem Schultergelenk riß, und schubste mich vor sich her und die Treppe hinunter und durch die finstere, nach Ammoniak stinkende Unterführung und dann in einen an deren Ende liegenden, von einer flackernden Neonröhre beleuchteten Dienstraum.

Der Beamte, der mich hinaufgezogen und abgeführt hatte, ein etwa dreißigjähriger, großer, untersetzter Kerl, ließ meinen Arm los, stieß mir gegen das Brustbein, erzwang so, daß ich mein Haupt zurückwarf, ihn ansah. »Ja, bist du denn bescheuert«, brüllte er.

Die übrigen vier standen um uns herum, mir und einander sehr nahe, in der Enge des Kabuffs. Auch sie glotzten wütend, was ich nur bemerkte, weil ich den Blick des Brüllaffen nicht noch einmal erwidern wollte, also an ihm vorbeischaute. Dann sah ich gar nichts mehr; in meinem Schädel sammelte sich Wasser, das höher stieg und mir schließlich aus Augen- und Nasenlöchern floß, als sei ich ein am aufgedrehten Hahn hängender, aber völlig verheddeter Gartenschlauch, der, vom Druck strapaziert, die ersten vier Lecks bekommen hatte. Ich schluchzte, schniefte, keuchte, hörte nichts außer mir, bis ich mit kaum verständlicher, mir selbst fremder Piepsstimme fragte, ob ich rauchen dürfe. Eine Hand griff nach meinem Kinn. Der, dem die Hand gehörte, oder ein anderer sagte: »Kopf hoch.« Mir wurde übers Haar gestrichen, ein kariertes Stofftaschentuch gereicht, ein Stuhl in die Kniekehlen und eine brennende Zigarette in den Mund geschoben. Jemand seufzte: »Ach, Mädel, du bist doch noch so jung«; und ich heulte weiter, und die Zigarette schmeckte wie fritierter Gummi.

Der Wind war umgeschlagen, die Wut der Eisenbahner schneller verraucht als diese erste von all den Zigaretten, die sie mir noch geben sollten. Bis auf den, der mich hochgezogen und bescheuert genannt hatte, wirkte keiner dieser Männer jünger als vierzig, und darum hatten meine Tränen womöglich Vatergefühle in ihnen geweckt, sie jedenfalls bewegt – zu der Annahme, daß ich mich aus Liebeskummer erst besoffen und dann auf die Gleise begeben hätte.

»Ist ja gut, Kleine«, sagte einer, »vergiß den Arsch. Wegen so was bringt man sich doch nicht um. Du könntest jeden kriegen, hübsch, wie du wärst, wenn du nur endlich die Flennerei lassen und dich mal wieder waschen würdest.«

Ein anderer zog eine flache Halbliterflasche Korn aus der Innentasche seiner Jacke. »Ich und der Rolf hier«, sagte er, auf den dicken Mann neben sich zeigend, »wir haben gleich Feierabend. Also werden wir uns jetzt einen gönnen.« Und Rolf öffnete einen der Blechspinde an der uns gegenüberliegenden Wand, entnahm ihm drei Gläser, stellte sie auf den Schreibtisch.

»Aber erst soll sie mal einen Happen essen, fertig, wie die ist«, meinte der lange Schmale, den ich für einen der beiden Transportpolizisten hielt. Er erhob sich, ging zu dem Regal hinter mir, kam zurück mit einer Brotbüchse, aus der er eine halbe, würzig duftende Klappstulle klaubte, und einer Thermosflasche, in deren Verschlußkappe er dampfenden schwarzen Kaffee füllte.

Ich aß die Mettwurststulle, trank den Kaffee, den Schnaps, und noch einen und noch einen, und meine Tränen hörten auf zu fließen. Nee, nee, sagte ich leise und so nett, als müßte nun ich diese Männer trösten, ich habe keinen Liebeskummer, wollte nicht sterben, bloß rauchen; und da unten im Gleisbett, da lag, was mir fehlte, nämlich das hier. Fast schon triumphierend hielt ich den fünf Männern das Päckchen *Club* hin, das ich endlich aus meiner Umhängetasche hervorgekramt, bisher jedoch nicht gebraucht hatte, weil ich ja bestens versorgt worden war.

Und abermals drehte sich der Wind; in den Augenpaaren ringsum erlosch das Feuer der Güte, und keine andere als ich hatte es ausgetreten. Der dicke Rolf, dessen Blick am schnellsten zu Asche geworden war, nahm die Thermoskanne vom Tisch, dann die Kornflasche, die er demonstrativ zuschraubte, und fauchte in die Stille hinein: »Das kann doch wohl nicht wahr sein. Du willst uns verarschen, du kleine Kröte, uns weismachen, daß du für ein paar Fluppen den Hals riskierst? Aber damit beißt du auf Granit bei mir. Hol noch mal tief Luft, weil du jetzt nämlich Ärger kriegst, richtig fiesen Ärger.«

Mir wurde einigermaßen klar, wie töricht, ja gefährlich es gewesen war, in dieser Situation, in den Händen dieser Staatsdiener, die Wahrheit zu versuchen. Und was hieß schon Wahrheit? Gab es jemals einen Menschen, der von Kummer völlig frei gewesen wäre? War nicht spätestens nach Ausbruch der Pubertät jeder Kummer Liebeskummer irgendwie?

Ich weiß nicht, ob mir derlei Fragen bereits in der Eisenbahnerbutze durch den Kopf gegangen waren oder erst, als ich neben dir lag und dir diese Geschichte nicht erzählen konnte. Oder entstehen sie gerade jetzt, da mich beide Geschichten beschäftigen, jene, die sich damals in Königs Wusterhausen zutrug, und unsere, die nicht zu Ende sein wird, bevor es auch mit mir zu Ende ist?

Rolf grabschte nach meiner Umhängetasche, die genaugenommen ein unförmiger, fleckiger, einstmals gelber Lederbeutel war, entleerte deren Inhalt auf den Tisch, schnappte sich das Portemonnaie, in dem er meinen Ausweis vermutete – oder sonst ein Papier, das einen Hinweis auf meine Identität enthielt –, fand jedoch nichts als meine letzten drei Groschen und ein am Vortag entwertetes S-Bahn-Ticket. Er krempelte meinen Beutel ganz um, Flusen und ein paar Kiefernnadeln rieselten herab aus dessen löchrigem Taftfutter. »Hast du Taschen im Rock und in denen irgend etwas, womit du dich legitimieren kannst«, fragte Rolf.

Obwohl ich mir der Gefahr, die sich da zusammenbraute, durchaus bewußt war, verlor ich für einen Moment die Kontrolle. Vielleicht lag es an den Schnäpsen, die ich so schnell gekippt hatte, jedenfalls kicherte ich, ließ den Zeigefinger meiner dreckigen Linken über dem Tisch kreisen und erwiderte: Aber sicher, guck mal da, den Fahrausweis. So nennt ihr die Dinger doch, oder?

Das war zuviel – für den Mann namens Rolf und die anderen vier, denn sie schwiegen – lange, bis einer sich wegdrehte zu dem kleinen Eckregal, auf dem, wie ich erst jetzt bemerkte, ein graues Telefon stand. Rolf ergriff den Hörer, wiegte ihn in der Hand wie eine Keule, räusperte sich und sagte beinahe tonlos: »Es reicht. Name, Adresse, Alter?«

Entschuldigung, war ja gar nicht frech gemeint, jammerte ich. Soja, der Name, Soja Edith Krüger, wohnhaft Karl-Marx-Allee 112, sechzehn seit März dieses Jahres, Schülerin der Klasse 10 b der Polytechnischen Carl-von-Ossietzky-Oberschule.

»Nee, nee«, sagte der etwas Jüngere, der mich hochgezogen hatte, »uns nimmst du nicht mehr auf den Arm. Rolf, drehst du mal eben die Nummer der Meldestelle Mitte ... Ach Quatsch«, unterbrach er sich, »is ja noch zu früh fürs Amt. Ich bringe unser Früchtchen lieber gleich auf die hiesige Wache. Wer kommt mit?«

Nur einer, vermutlich der Dienststellenleiter, gab zu erkennen, daß er bleiben müßte. Rolf legte mir seine Hand in den Nacken; ich wußte, weder Tränen noch Dreistigkeit würden mir jetzt weiterhelfen, und mir kam, wie wohl manchem bedrängten Menschen, die Mutter in den Sinn, meine Mutter, zu der ich schon damals und eigentlich von Anfang an ein schwieriges Verhältnis hatte. Sie hielt mich für mißraten, ich sie für herzlos, ein Arbeitstier, das, wenn es wollte, tolle Klamotten nähen konnte – und auf dem Schifferklavier Kampflieder spielen, was ich äußerst peinlich fand. Noch peinlicher war mir der politische Ehrgeiz, der sie jeden Tag ein bißchen mehr aufblähte; und einmal, als sie nachts vor dem Kühlschrank hockte und in eine Salami biß, schlich ich mich hinterrücks ganz nah an sie heran, erschreckte sie mit den Worten: Bald wirst du platzen – vor Stolz. Unbeirrbar, wie einst am See jene Trauerweide, stieg sie die Karriereleiter hoch. Aus der drallen FDJlerin mit der tiefen, im sächsischen Tonfall die banalsten Torheiten verkündenden Stimme war eine Parteifunktionärin geworden, und daran, was aus der werden konnte, werden würde, wenn alles den üblichen sozialistischen Gang ging, mochte ich gar nicht erst denken, weil es mir Angst machte; allerdings nur um meinetwillen, denn ich war, es ließ sich nicht leugnen, Fleisch vom Fleische dieser Frau. Kurz, ich schämte mich – vor ihr und für sie.

Ich wußte, ich hatte, um das Schlimmste zu verhindern, kaum mehr einen Moment Zeit, und obgleich oder weil das so war, zischte aus dem schwarzen Nichts zwischen den spärlichen Glühpünktchen in meinem Schädel plötzlich wie ein Komet ein Satz hervor und schon Richtung Zunge nieder, ein Satz, den ich einmal geträumt hatte und von dem ich aufgewacht war, denn ich hatte ihn wohl für eine echte Erleuchtung, ja, für die Lösung eines auch nur geträumten, mir aber unwiederbringlich entglittenen Problems gehalten: Ruft meine Mutter, daß sie mir hilft, und schlagt sie dann tot. Doch nicht dieser Satz kam mir über die Lippen, statt dessen sagte ich: Nun ratet mal, wer meine Mutter ist. Alma Krüger heißt die. Genossin Krüger, zweiter Sekretär der Bezirksparteileitung Berlin, falls hier einer ne Eselsbrücke braucht. Und jetzt Pfoten weg, oder ihr kriegt den Ärger.

Rolfs Griff lockerte sich, als habe man mit einem Betäubungsgewehr auf ihn geschossen. Seine Hand wurde leichenschwer und glitt von meinem Nacken ab und mir noch ein kleines Stück den Rücken runter. Dann war der Kontakt zwischen seinem und meinem Körper unterbrochen, für immer, wie ich hoffte – ohne daß ich Erleichterung empfunden hätte. Mir war heiß, mein Gesicht muß vor Scham krebsrot gewesen sein. Ich wagte es nicht, jemanden anzusehen; auch so wußte ich, sie wußten, was ich wußte: daß seit meinem Outing, wie man das heute nennt, seit dem Moment, da ich meine Mutter ins Spiel gebracht hatte, jedes weitere Wort gegen mich böse Folgen haben konnte, daß sie, selbst wenn sie, trotz unterschiedlicher Dienstgrade, ausnahmsweise mal zusammenhalten und den Hergang der Ereignisse übereinstimmend schildern sollten, Flecken in ihre Kaderakten bekämen, niemals mehr tilgbare, daß, obwohl sie zu fünft wären und ich nur eine, allein meiner Darstellung Glauben geschenkt würde, ja, *geschenkt,* denn die Polizisten, Schiedskommissare, Richter …, die über die Sache zu befinden hätten, würden mir glauben *müssen,* weil ich die Tochter von Alma Krüger war.

Ob und warum sie mir abnahmen, was ich aus Not preisgegeben hatte, weiß weder ich noch sonstwer, nur, daß jedem von uns sechsen klar war, wie verfänglich schon ein geflüsterter Zweifel an der Wahrheit meiner bisher durch nichts bewiesenen Behauptung sein konnte. Der Telefonhörer lag, als ich zu dem Regal rüberlinste, wieder auf der Gabel, und ich senkte wieder meinen glühenden Kopf, und in das eisige Schweigen hinein tönte laut das Knarren der Tür, die einer der Männer geöffnet hatte – und aufhielt, bis ich an ihm vorüber und im Dunkel der Unterführung verschwunden war.

Erst als ich wieder auf dem Bahnsteig an- und zu mir gekommen war, schweißgebadet, wie aus einer Narkose oder einem Traum, bemerkte ich, daß ich das Päckchen *Club* dort unten in dem Kabuff vergessen hatte. Aber da fuhr die S-Bahn vor und ich mit ihr davon – bis zur Station *Schönhauser Allee,* jener langen Straße, in der meine Freundin Claudia wohnte, die mir, wenn sie zu Hause wäre, zwei, drei Zigaretten geben und womöglich sogar etwas Geld leihen würde.

X

Es kam der Tag, für den Joe uns zum zweitenmal einbe-
stellt hatte. Die Zeit bis dahin war schnell verflogen und
gemessen an der, die nun begann, unbeschwert schön wie
seither keine mehr.

Du hattest die Nacht zu jenem Freitag, dem zweiund-
zwanzigsten Mai 1987, ausnahmsweise nicht mit oder, wie
öfter in den zurückliegenden zwei Wochen, wenigstens
bei mir verbracht, sondern auf Julis Gästebett, falls das
nicht auch gelogen war.

Also fuhr ich gegen Mittag nach Charlottenburg, um
dich abzuholen. Ich war sicher, daß du rasiert und beklei-
det wärst und erfreut, mich zu sehen, zumal ich dich –
und sogar Juli – einladen wollte in ein Lokal, das dein
Lieblingsessen anbot, Kohlrouladen; wie es hieß, die besten der Stadt. Aber du saßest noch im Bademantel, Julis Bademantel, auf diesem Gästebett, einem verschosse-
nen roten Plüschsofa, das du für Juli aus einem Haufen
Sperrmüll gezogen und ganz passabel restauriert hattest.
Juli, die mir mit nichts als einem fliederfarbenen negli-
géartigen Etwas am Leibe die Tür geöffnet hatte, fläzte
sich wieder neben dich und hinter den Couchtisch, der
leer war, bis auf den Aschenbecher und zwei, nicht drei,
Goldrandgläschen voll Sahnelikör. Ihr hättet spät gefrüh-
stückt, sagte sie. Auch du meintest, obwohl du dein Glas
kaum anrührtest und zuließest, daß ich es austrank, dir
stünde der Sinn jetzt nicht nach »fester Nahrung«. Ich
fühlte mich mies, wie ein Eindringling, eine Spielverder-
berin, verlangte trotzdem – in bemüht lässigem Tonfall,

der nach bekehrtem Gauner klang und sicher nicht nur mich selbst an Joe erinnerte –, du mögest aus dem Knick kommen, aber pronto, und von Juli, als du ins Bad verschwunden warst, mehr Strenge gegen dich und Verständnis für mich und daß sie nachher ja pünktlich sein solle.

Julis glasig grüner Blick ruhte auf mir, unbeirrbar mild. »Ach, Soja«, sagte sie, »mit der Liebe ist es wie mit den Masern. Man bekommt sie nur einmal, und je später das passiert, desto schlimmer wird's. Ist von Tolstoi, glaube ich.«

Ich verkniff mir eine Antwort, denn ich wußte keine, die nicht verräterisch gewesen wäre, doch vor allem fürchtete ich, daß wieder Joe aus mir sprechen könnte.

Noch unten, auf dem Weg zur U-Bahn, war ich den Tränen nahe. Ich hing an deinem rechten Arm, schwerer als der Beutel Kartoffeln, den ich, weil wir nun doch nicht essen gingen, bei einem Türken in Julis Straße gekauft hatte, an deinem linken; und vor einem Zeitungskiosk gab ich dir kleine Küsse hinters Ohr, die du hinnahmst wie Entschuldigungen. Und deine Laune besserte sich; im Zug packtest du dir lachend das Zweikilonetz mit Kartoffeln auf die Knie. »Das sind die von den ganz schlauen Bauern«, sagtest du.

Als ich dich begriffsstutzig anblickte, lachtest du noch breiter. Wenn die dümmsten Bauern immer die größten Kartoffeln hätten, so deine Erklärung, könnten unsere kleinen ja nur von den schlauen stammen. »Mann, müssen die klug sein und sich angestrengt haben, um aus stinknormalen Knollen solche Knippkugeln rauszuzüchten. Aber das Endziel sind sicher Kartoffelerbsen. Die kochen dann bloß drei Minuten und werden samt Pelle verputzt.«

Dir, nicht mir, rannen Tränen, allerdings Lachtränen, übers Gesicht, sobald du meins ansahst, in dem sich nicht einmal die Mundwinkel hoben. Du schautest zu mir, dann wieder auf die runzligen, hier und da schon keimenden Kartoffeln, die dir, wie du meintest, die schönsten Stielaugen machten, und konntest dich gar nicht mehr beruhigen.

Zu Hause nötigte ich dich auf meine Matratze; du, noch immer lachend, ließest mich gewähren. Warst wohl auch geschmeichelt, weil ich dich so sehr wollte – und diesmal unbedingt bis zum Schluß in mir behalten. Doch als ich gekommen war, schnell wie meistens und heftig unter dem Druck von Eifersucht oder Verlustangst oder beidem, gelang es dir wieder, mich von der Palme zu holen, wie auch ich deine Interruptionstechnik mittlerweile nannte. Als übten wir für eine bodenakrobatische Darbietung, schobst du deine großen Hände in meine Achselhöhlen und stemmtest mich von dir weg. Aber ich wollte nicht schweben. Meine Schenkel hielten dich schraubstockfest; ich verlagerte mein ohnehin nicht geringes Gewicht ganz auf deinen Schwanz, der, wie ich deutlich spürte, die Spannung verlor und schrumpfte – und dagegen, das erregte mich stärker, als es der schon wieder abflauende Orgasmus vermocht hatte, war ich völlig machtlos. Dieses Gefühl der Machtlosigkeit war derart überwältigend, daß ich fürchtete, es könnte mich in einen durch nichts mehr zu lösenden Krampf bannen. Möglich, daß du davon etwas mitbekommen hast, denn während mich deine eine Hand um so fester hielt, kraulten die Finger deiner anderen Hand jene Stelle oberhalb meines Bauches, an der ich kitzlig war wie nirgends sonst. Und die Starre, die mich ergriffen und begonnen hatte, mir die Muskeln zu verhärten, wich und verwandelte mich abermals: in ein zuckendes, lachendes Knäuel, das schließlich von dir runter- und noch eine ganze Weile allein auf der Matratze herumrollte. Du hattest dir ja den Bademantel umgehängt und dich in die Küche verzogen.

Wie immer, solange wir miteinander hausten, kamst du bald zurück. Einen Löffel zwischen den Zähnen, eine Schüssel voll Joghurt vor der Brust, hocktest du dich hin, schautest mich an, als wolltest du etwas sagen, und machtest auch den Mund auf, doch nur, damit der Löffel in den Joghurt fallen konnte. Ein netter Trick, den ich sonst gerne bewunderte; diesmal bewirkte er allerdings bloß, daß ich es endlich schaffte, wieder ernst zu werden.

Weil ihr noch irgendwo Holz holen wolltet, verließest du meine Wohnung an jenem Tage in Franks Gesellschaft und früher als ich. So fuhr ich ohne dich in die Eisenacher Straße. Im Treppenhaus, am vorderen Ende des langen Flurs, der zu den Räumen der Triade führte, begegnete ich vier Frauen, die, wie Joe mir fünf Minuten später auf meine Nachfrage hin beschied, gerade bei der »Angehörigengruppe« gewesen waren. Eine der Frauen verstellte mir den Weg und musterte mich derart feindselig, daß ich nicht umhinkam, sie zu fragen, welche Laus ihr denn über die Leber gelaufen sei.

»Wir«, motzte sie, »sind die Mütter von denen, die hier landen. Und sein Kind kann man sich nicht aussuchen.

Aber was ist mit Tussis wie dir? Bist du pervers, oder findest du keinen besseren Stecher?«

Ist das nicht ein bißchen einfach gedacht, erwiderte ich, lapidarer als beabsichtigt, und drückte mich, meinen Hintern die Wand entlangschiebend, an den Frauen vorbei.

Wieder saßen wir wie seine braven Schüler auf unseren Klappstühlen, und wieder ging Joe, ehe er zu sprechen begann, ein paar die Spannung steigernde Minuten hin und her, musterte uns ausgiebig, einen nach dem anderen, und fragte dann, betont unbeteiligt, als erkundige er sich nach dem Wetter in Wladiwostok, wie es denn so ginge »mit unserm Harry«.

Ein paar Minuten, die sich für mein Gefühl zur Ewigkeit dehnten, herrschte Schweigen. Alle außer mir lächelten matt und schauten irgendwohin, nur nicht zu Joe.

Schließlich räusperte sich Clara, an der Joes Blick klebengeblieben war. »Was soll's«, sagte sie ein wenig schleppend und so, als seiest du nicht im Raum, »der Harry hatte die letzten Jahre halt kaum Kontakt zu gebildeten, politisch und künstlerisch engagierten Menschen, darum fehlt ihm oft die eigene Meinung. Immerhin weiß er, was ihn nicht interessiert, und kann einigermaßen zuhören. Gedichte verstehen lernen, das braucht seine Zeit und Harry eine wie mich, dann klappt das auch irgendwann, denn dumm ist er nicht. Mehr Austausch wäre schon schön, aber ich bringe ihm gerne was bei. Nur wollen muß er. Die zwei Monate, die uns noch bleiben, sind nicht viel, gerade genug für den Anfang, der ja Gott sei Dank bald hinter uns liegt ...«

Wahrscheinlich hätte Clara weiter solches Stroh gedroschen und jeder von uns anderen weitergeschwiegen, wenn nicht ausgerechnet sie die erste gewesen wäre, die auf Joes Animation reagierte.

»Ach Quatsch mit Gedichten und Soße«, schnitt Frank ihr das Wort ab, »wir kommen klar. Bei mir hat Harry schon Bilderrahmen gebaut und so gut wie alleine ne ganze Ausstellung verpackt. Einziges Minus: Er fragt nicht, lieber macht er's falsch.«

»Manches auch nicht«, mischte Hanna sich ein, »Stullen schmieren, Tütensuppe kochen, Wäsche zusammenlegen erledigt Harry alles prima, ohne Diskussion.«

»Wir hören viel Musik, das ist easy, so wunderbar entspannend. Zumal Harrys Leben gerade ziemlich stressig verläuft«, sagte nun Marlene, nach der ich sprechen wollte, um dich noch etwas mehr zu loben und so, wie ich es für therapeutisch clever hielt; etwa deine soziale Kompetenz, deine kleinen Geschenke, deine ruhige, besonnene Art ...

Doch Joe kam mir zuvor: »Haltet ihr Harry für ehrlich? Spricht er gelegentlich über sich? Sagt er, wie es ihm geht, was mit ihm los ist? Und wer von euch hat sich dafür schon mal interessiert und das auch zum Ausdruck gebracht? Wißt ihr eigentlich, meine lieben Zwerginnen und Zwerge samt Ersatzzwerg, wer seit Wochen in euren Bettchen schläft, von euren Tellerchen ißt, aus euren Becherchen trinkt? Schneewittchen heißt er nicht, obwohl auch Gift im Spiel ist.«

Joe war vor deinem Stuhl zum Stehen gekommen, trat nah an dich heran, stieß dir mit dem Handballen nicht eben sanft vor die Brust. »Los, Harry«, fauchte er leise, aber scharf, »heb deinen Arsch hoch und sag's ihnen. Da du offenbar noch immer nicht den Mut hattest, sag es ihnen jetzt, sofort.«

Doch du bliebst sitzen, senktest den Kopf und wurdest, was nur ich deutlich sehen konnte, weil dein Stuhl der letzte in der Reihe war – und meiner der rechte daneben – und ich mich so weit zu dir hinüberbeugte, daß mein Haar deinen Schoß berührte, feuerrot. Binnen Sekunden hattest du Schweißperlen auf der Stirn; und wenn es keine Sinnestäuschung gewesen war, tropfte mir, ehe ich es wegzog, mindestens eine davon ins Gesicht.

Du schwiegst. Wir hielten den Atem an. Joe tänzelte vor dir auf der Stelle wie ein Fußballer, der gleich den ersten Elfmeter schießen muß, oder wie ein Kommissar, der endlich das längst fällige Geständnis hören will, und bedrängte dich: »Nun red schon, wir haben nicht ewig Zeit.«

Du schwiegst eisern weiter, krümmtest dich nur noch mehr zusammen.

»Na gut«, sprach Joe, als du kleiner nicht mehr werden konntest, »du schaffst es also nicht, reinen Tisch zu machen. Du willst deine Freunde, ohne die du seit Wochen wieder auf Dope und im Knast wärst, nicht damit konfrontieren, daß du HIV-positiv bist?!«

Für das, Harry, was Joes Worte in mir auslösten, hatte ich keine, weder in jenen Tagen, die diesem einen folgten, noch später. Und selbst heute werde ich meine damaligen Empfindungen kaum in Sprache fassen können. Es war, als hätte man mir einen sofort und mächtig, aber nicht vollständig betäubend wirkenden Cocktail aus Angst,

105

Enttäuschung, Wut und Selbstmitleid injiziert. Es war wie ein elektrischer Schicksalsschlag, eine Explosion im Schädel, die mein Bewußtsein zu zerstören drohte und gleichzeitig schärfte. In meinen Ohren brauste und dröhnte es, derart laut, daß ich den Kommentar, zu dem dich Joe nun doch provoziert hatte, vernahm wie hochtönendes, den Gewitterdonner eher skandierendes als durchdringendes, vielleicht nur vom Wind hervorgerufenes Jaulen; es war, als hörte ich nicht die Wörter, die du sprachst, oder Joe oder sonstwer, nicht die Laute, die von links und rechts, vorn und hinten, oben und unten in meinen Kopf gelangten, sondern meine eigenen, soeben aus dem Tiefschlaf gerissenen und deshalb wie Säuglinge wimmernden Gedanken.

»Na und ..., weiß es selbst erst seit ein paar Wochen ..., habe außerdem noch Hepatitis B und C ..., manches verdrängt man eben ..., Joe, du alte Petze ..., da wird ja sogar ein Schaf böse ...«, das sind in etwa die Satzfetzen, die ich behalten habe von dem, was du sagtest, gerade so – oder so ähnlich.

»Denken zu können wäre ganz okay, ohne fühlen zu müssen. Sterben zu müssen, bei vollem Verstand, ist barbarisch, eine Zumutung. Mit Hero geht es sicher schneller, aber leichter eben auch. Wenn ich drauf bin, gibt es genug Trubel, fiesen und angenehmen, bin ich gezwungen, meinem Körper zu verschaffen, was er braucht, damit es meinem Kopf bessergeht, sind sie Komplizen, die der Hals nicht trennt, sondern verbindet. Was, außer ab und an ein paar Happen, sollte ich einwerfen, wenn mein

Organismus nicht nur dazu da wäre, daß in meinen Grü-
belzellen bißchen Rambazamba ist oder wenigstens Ruhe
herrscht?
  Und da behauptet Joe, es sei eine Lebensaufgabe, die-
ses Leben aufzugeben. Den Müll soll der Idiot mal ande-
ren Idioten verkaufen, mir sicher nicht.«

Erinnerst du dich daran, wie Joe, während du noch am
Stammeln warst, auf seine Armbanduhr linste und uns
sadistisch grinsend ermahnte, einen klaren Kopf zu behalten, dir deinen aber »ruhig mal ordentlich zu waschen«?
Hast du die Panik in meinen Augen und in denen der
anderen je vergessen können? Hörst du auch bis heute –
schallend wie eine Backpfeife – die Tür ins Schloß fallen,
vor die Joe uns nach genau einer Stunde setzte? »Macht's
gut zusammen, bis nächstes Mal. Und haltet die Ohren
steif.«
  Hanna raffte ihre drei vollen Einkaufstüten und stürzte, wie vor ihr schon Christoph und Thomas, davon,
ohne sich noch einmal umzusehen nach dir, mir, Joe oder
ihrem Mann, der, eine brennende Zigarette zwischen den
Lippen, komisch langsam wie eine nicht stramm genug
aufgezogene Blechente den Flur hinunterwatschelte und
so benommen zu sein schien, daß er die vielen, beidseitig an den Wänden klebenden Rauchverbotsschilder gar
nicht wahrnahm. Clara, der ich widerwillig oder weil ich
selber Halt brauchte, für einen Moment den Arm um die
Schulter legte, weinte lautlos in eins ihrer umhäkelten Ta-
schentücher, über die ich mich ein paar Tage zuvor noch
lustig gemacht hatte. Marlene und Juli, die sich bisher
eher aus dem Weg gegangen waren, hielten Händchen.

Und erstmals bemerkte ich, was für ausdruckslose Gesichter sie aufsetzen konnten; Gesichter, die, sonst völlig verschieden, einander plötzlich ähnelten – und denen der beiden ausgestopften Marder, die ich, neben anderen im Biologiekabinett meiner Ostberliner Schule vor sich hin gammelnden Präparaten, mal hatte entstauben und ausgerechnet mit Nerzöl abreiben müssen, zur Strafe für »Stören des Unterrichts«. Nur Ersatzmann Marc, der allemal öfter als Christoph und Thomas mit dir zusammengewesen war, gab sich gelassen, suchte sogar meine Nähe und Kontakt zu Frank, Clara, Juli, Marlene, die er regelrecht agitierte: »Kommt bitte mit ins *Schwanensee*. Wir sollten besprechen, wie es nun weitergeht. Und Harry wird uns sicher auch einiges zu erklären haben.« *Harry*. – Obwohl ich unausgesetzt an dich dachte, wenn man das, was in meinem Kopf vorging, überhaupt Denken nennen kann, vermißte ich dich erst auf dieses Stichwort hin. Auch Clara, Juli und Marlene blieben stehen, drehten sich um, hielten Ausschau nach dem, der schuld war, nach dir.

Du hocktest reglos vor Joes Tür und starrtest die diagonal gegenüberliegende Herrenklotür, hinter der du seit Wochen unter vier Augen Zylindergläschen fülltest, an, als hättest du sie noch nie gesehen. Nun komm schon, Mensch, schrie ich. Es klang derart schrill und böse, daß die anderen und ich selbst zusammenzuckten, du aber tatsächlich aufschrakst aus deiner Versteinerung.

Schließlich fanden wir uns an einem Tisch des Cafés wieder und vertieften die dort herrschende Edward-Hopper-Stimmung; sieben bleiche Vögel, die dem *Schwanensee* alle Ehre machten, obwohl keinem, nicht einmal Exausdruckstänzerin Clara, nach physischer Bewegung zumute und, von der Kellnerin abgesehen, auch kein Publikum da war.

Marc, der sich links neben dich setzte, aber so, daß zwischen euch ein Stuhl frei blieb, bestellte, ohne daß ihn jemand dazu ermächtigt oder davon abgehalten hätte, eine Runde Wodka und eine Flasche Wasser, legte dann, um deine Augen sehen zu können und womöglich sogar in sie hinein, seinen Kopf auf die Tischplatte und sagte: »Ist das ein Bullshit.«

Ich war völlig fertig, an denken nicht zu denken, und doch weiß ich noch, daß Marcs Worte seltsam klangen, zwiespältig, doppelzüngig, unbestimmt (nichts davon trifft es genau), wie nüchterne Feststellung und schüchterner Vorwurf in einem; ihnen nachlauschend, konzentrierte ich mich ganz auf dich, als könntest nur du mich ablenken von dir. Während ich mich fragte, ob du meine und Marcs Blicke überhaupt spürtest, ob du ihm antworten würdest, vielleicht ja wenigstens mit einer Handbewegung, merkte ich lange nicht, daß Clara, Juli und Marlene *mich* anstarrten. Erst als die Kellnerin, der die Brisanz der Situation offenbar nicht entgangen war, uns fast geräuschlos einen Krug Leitungswasser, zwei Sorten Gläser und eine halbvolle Flasche *Moskovskaya* hinstellte, wandte ich mich kurz von dir ab und Juli zu. Julis Blick war wie zuvor Marcs Worte: zwiespältig und unbestimmt – oder wie mein Blick auf dich; ich versuchte mich zu trösten, indem ich dein Problem für größer hielt als meins, und Juli schien meins für größer zu halten als ihres und gerade das sie ein wenig zu betäuben. – Es gibt Momente, da ist Mitleid nicht so schmerzhaft wie Selbstmitleid.

Zumindest zerstreute Julis halb erschrockener, halb teilnahmsvoller Blick vorübergehend meinen Verdacht, daß ihr euch heimlich nähergekommen wärt.

In der Art, wie Clara und Marlene mich anschauten, lag eher Distanz. Sie schienen mich nicht für ungefährlicher zu halten als dich, und ihre mal auf mich gerichteten, mal flink wie die Kugeln einer russischen Rechenmaschine nach links oder rechts gleitenden Pupillen verrieten, daß sie im Geiste jene Szenen mit dir und mir durchgingen, die irgendwie infektiös gewesen sein könnten. Dachten sie an Begrüßungs- und Abschiedsküßchen, Kaffeetassen, Bettlaken, Handtücher, Raucherhusten …?

Wir wußten damals so wenig über diese neue Krankheit; eigentlich nur das, was seit Wochen in sämtlichen Blättern stand, daß eine Pandemie auf uns zukäme, daß es nicht ausschließlich sexuelle Übertragungswege gäbe, daß Schwule mehr als andere gefährdet seien, daß Aids bald und immer zum Tode führe … Und ich hatte, bis ich dir begegnete, nicht einmal gewußt, was ein Junkie ist.

Nachdem Clara wieder ein bißchen geweint hatte, der Schnaps alle, Juli blau, Marlene übel und Marc am Ende seiner Bemühungen war, zahlte ich die Rechnung und hielt, auch weil dein Schweigen mich zwang die Initiative zu ergreifen, mit gesenktem Kopf eine kleine, wie sich bald zeigte, nicht allzu überzeugende Rede. Außer Sex sei nichts wirklich schlimm, und am schlimmsten sei es doch für dich, und wenn wir dich jetzt hängenließen, das sei noch schlimmer. Sie sollten mich morgen bitte, bitte anrufen, sollten wenigstens pro forma dabeibleiben. Um den Rest würde ich mich schon kümmern …

»Du bist eine selten blöde Kuh«, unterbrach mich Marlene – von ihrem Stuhl hochfahrend und mit den Armen fuchtelnd; ihre Augen glänzten, ihre Nasenflügel bebten, ihre kalten Finger streiften meine Hand. Dann ging sie ohne ein weiteres Wort, ohne ein Lächeln oder Winken, aufrecht wie eine Schlafwandlerin zur Tür und hinaus.

Wir anderen gingen auch, jeder für sich, nur ich mit dir. Denn daß du den Rest jenes Abends, die Nacht und die Hälfte des folgenden Tages in meiner Obhut zu verbringen hattest, war harryplanmäßig, gehörte nicht zum stillschweigend Beschlossenen, von dem ich noch nicht wußte, was genau es war. Würden einige durchhalten oder alle auf einmal abspringen? Wer würde sich eventuell erweichen lassen und zumindest zur letzten Gruppensitzung kommen? Oder müßtest du demnächst zurück in den Knast, weil die meisten deiner *Groupies* dir und mir morgen nicht mal mehr adieu, Joe aber telefonisch Bescheid sagen würden, und schon wär's aus und vorbei? Mit derlei absurd-praktischen Fragen versuchte ich, das Grauen abzuwehren, das in mich einsickerte, sobald ich mir die kleinste Denkpause erlaubte. Doch ich war erschöpft, und irgendwann würde ich meinen Widerstand aufgeben, mich hinlegen müssen, und dann würde es mit aller Macht kommen, das Grauen, mich fluten, mich ersäufen und wegspülen, weit weg von dir.

Bis zur U-Bahn, während der Fahrt, auf dem Weg in unsere Straße und noch hinter meiner Wohnungstür warst du grabesstill. Auch ich sagte kein Sterbenswort. Selbst das Küchenradio, an dem du sonst immer gleich herumdrehtest, bis du eine dir genehme Musik gefunden hattest, blieb stumm. Ich entkorkte eine Flasche Rotwein und setzte mich, du dich auf den Stuhl mir gegenüber. Nach dem dritten schweigend geleerten Glas begann ich zu weinen. Die Tränen liefen wie Wasser aus mir heraus; ich schluchzte, schniefte, stöhnte – und konnte mir nicht vorstellen, jemals wieder damit aufzuhören. Du gingst nicht weg, kamst mir aber auch nicht näher.

Es ist deshalb, sagte ich, als ich weiß nicht wieviel Zeit vergangen war, deshalb holst du mich jedesmal von der Palme. Deshalb durfte ich dir keinen … Ich brachte das Wort »blasen« nicht über die Lippen, fand es aber plötzlich so komisch, daß ich anfing zu lachen und dabei munter weiterweinte. Wenn das nicht hysterisch war, Harry, was war es dann?!

Du erhobst dich, holtest Butter, Wurst, Tomaten aus dem Kühlschrank, schmiertest mir Stullen, entkorktest für mich die nächste Flasche Rotwein und machtest dabei Geräusche, die womöglich besänftigend sein sollten. »Pst, pst«, zischtest du, als hättest du es mit einem greinenden Säugling zu tun und nicht mit deiner verzweifelten Freundin, die umzukommen glaubte, wenn auch erst einmal nur vor Angst.

XI

Am nächsten Tag erwachte ich davon, daß mir die Sonne das Gesicht wärmte; sie stand im rechten oberen Winkel des Fensters, und ich vermutete, es sei mindestens zwölf Uhr. Ich war bis zum Hals zugedeckt und hatte – wieder mal – mein Kleid noch an. Als ich zur Seite und hochblickte, sah ich dich krumm wie eine Trauerweide im Bademantel über mich gebeugt; du hieltest den Kopf gesenkt, deine Arme hingen schlaff und affenlang herab, so, daß sie mich fast berührten. Neben deinen nackten Füßen stand ein Tablett mit frischen Brötchen, Marmelade, Kaffee. Du hättest, sagtest du mir ins Gesicht, dem wohl anzusehen war, wie schnell mir das gestern Geschehene wieder einfiel, Joe schon angerufen, und der fände, wir sollten uns abregen, und irgendwie würde es weitergehen. Wir hätten genug Zeit bis zu unserem Abschiedstreffen. Das wirklich Schwere käme erst danach und nur für dich.

Klar, Harry, gab ich zur Antwort, dich interessiert wie immer erst mal deine Perspektive, obwohl du eigentlich gar keine mehr hast. Versteh ich auch, daß du deine letzten Monate in Freiheit bleiben willst. Aber was wird aus mir? Was ist mit den anderen? Sind wir dir scheißegal?

Du setztest dich neben mich; »gibt nichts zu fürchten«, meintest du, »kannst ja den Test machen lassen. Bloß, wozu? Ist doch alles okay.« Du hattest deine Sprache also wiedergefunden, warst für deine Verhältnisse fast geschwätzig. Es wäre nicht weiter schlimm, wenn ich dich nicht mehr anfassen wolle. Darauf könntest du verzichten, nur nicht auf meine »Solidarität«.

Du hattest tatsächlich die Stirn, an diesem Tag, in dieser Situation, dieses Wort zu gebrauchen, und das brachte mich auf die Palme, wenngleich nicht auf deine. Ich fuhr hoch, trat die Decke beiseite, dann gegen den Brötchenkorb und schoß ab in die Küche. Ich stand lange in der Duschtasse unter dem warmen Wasserstrahl, du davor, ein ausgebreitetes rotes Frotteetuch bereithaltend, und riefst lachend: »Friede!«

Dich und das rote Tuch keines Blickes würdigend, stampfte ich tropfend zurück ins Zimmer, um mich mit einem deiner dort herumliegenden Hemden abzutrocknen, ließ es dann aber bleiben, zog, weil ich nicht noch einmal in die Küche wollte, nicht meinen zerknautschten Hänger, sondern ein anderes Kleid über und entwich, ohne dich zu beachten, ohne an das Therapiegebot zu denken, demzufolge wir dich ja keine Minute aus den Augen verlieren durften. Ich hoffte, daß ich, wenn ich auf der Straße und mit mir allein wäre, Vernunft annehmen, einen Ausweg finden, eine Entscheidung treffen würde.

Ach, Harry; an dieser Stelle, da vor mir liegt, was nun kommen müßte, verläßt mich der Mut, zweifle ich sehr daran, daß ich schaffe, was ich doch will: dir alles erzählen, frage ich mich, ob ich aufhören sollte, nach Worten zu suchen. Die ganze Zeit erzähle ich, so gut ich es vermag. Aber für das Grauen, das mich damals gepackt hat und mir treu ist bis heute, das mich anspringt wie ein Hund, sobald ich an jenen Tag bei Joe denke, gibt es außer diesem einen, viel- und nichtssagenden Wort kein auch nur annähernd adäquates; keine Bilder, keine Zeichen, keine Laute können es ersetzen oder ergänzen oder gar dir so darstellen, daß du dem damit Gemeinten ausgeliefert wärst, wie ich es war und bin. Könnte ich dieses Grauen (das Wort klingt harmlos, langweilig wie der Farbton, an den es unsinnigerweise erinnert) besser beschreiben, wenn ich es nicht mehr verspürte? Ist das ein Distanzproblem? Obwohl meine Bemühungen nur darauf hinauslaufen, dir nahezubringen, was ich empfand und empfinde, fehlt mir die nötige Souveränität. Das unbesiegliche Grauen selbst macht mich sprachlos, immer wieder, immer noch; zumal ich an dir nichts dergleichen bemerkt habe, nicht im mindesten. Und wenn es dir doch nicht gänzlich fremd war, das Grauen, dann hast du dich bis zum Schluß nicht verraten.

Und manchmal denke ich, daß du mit dem, was du auf einer Seite deines Schulheftes witzelnd Hobby nennst, nur aus einem Grunde wieder anfingst; du wolltest, daß ich endlich auch einen – aus deiner Sicht – realeren, greifbareren Grund zum Weinen hätte, daß es einen Schmerz gäbe, der mich weglockt vom Grauen. Ich sollte wegen deines Rückfalls in die Sucht mehr Angst haben als vor der Krankheit, von der die Welt erst einmal nur wußte, daß sie tückisch war, schleichend verlief und den von ihr Befallenen schon stigmatisierte, wenn sein Siechtum noch gar nicht begonnen hatte; und sowieso sollte ich mehr Angst um dich haben als um mich. Die Probleme mit der Stoffbeschafferei kanntest du ja, die gaben dir, bevor du dich auf das Experiment mit uns einließest, einlassen mußtest, eine Art Halt, waren vielleicht dein einziger Lebenszweck; zumindest aber unterdrückten sie die Todespanik, die dich, falls du sauber geblieben wärst, wahrscheinlich doch irgendwann gepackt hätte. Der – für dich alte, für mich aber völlig neue – Streß mit Geldauftreiben,

Turkey vermeiden, Bunker bauen, Bewährungshelfer täuschen, Bullen ausweichen brachte dich ganz einfach auf andere Gedanken. Warum dann nicht auch mich?!

»Weiß nicht, woher Joe es hat. Vom Knastarzt? Oder kann man das auch schon aus der Pisse lesen? Mir gegenüber schön die Schnauze halten und dann mich voll ins Messer rennen lassen, das sieht dem Arschloch ähnlich. Doch einmal bin ich ja fertig mit seinem Affentheater oder raus aus dem Knast, in den die Kanaille mich partout zurückbringen will. Noch ist Polen nicht verloren, obwohl es nicht gerade gut um mich steht. Notfalls muß ich meine sieben Lumpen packen und die Fliege machen. Paar Strolche gibt es noch, die bloß drauf warten, daß ich ihnen die Sparstrümpfe ausziehe. Und sollte von denen keiner greifbar sein, passiert eben was anderes. Aber einfach so wieder einbuchten wird mich niemand, das schwöre ich bei Mama.«

Ich wandelte wie ein Gespenst durch Moabit und sah nicht, was ich sah – oder doch: An einer Bushaltestelle warteten unter ihren Regenschirmen Menschen; sie kamen mir vor wie ahnungslose Glückspilze. Ansonsten fand ich gerade mal den Weg, aber keinen Ausweg – und traf auch niemanden – und nichts, das mir geholfen hätte, mich zu entscheiden. Und wofür oder wogegen eigentlich?

In einer Kneipe, die ich nur betrat, weil ich völlig durchnäßt war, ließ ich mich neben einem Fenster nieder, bestellte ein großes Bier, trank mechanisch, starrte auf die Glasscheibe, als wollte ich die von außen daran herunterrinnenden Wassertropfen hypnotisieren. Ich stellte fest, daß ich kein Verlangen nach einem zweiten Bier und mein Geld vergessen hatte, wartete, bis der Zapfer durch den albernen Vorhang aus bunten Plastikstreifen in die dahinter gelegene Küche gegangen war, und prellte die Zeche.

Erst etliche Seitenstraßen weiter, vor einer Zoohandlung, blieb ich stehen, betrachtete einen Käfig voller kugeliger, rot geschnäbelter Zebrafinken, die dicht aneinandergeschmiegt auf den Querstangen hockten. Einen Moment lang wußte ich nicht, ob das leise Fiepen, das ich eher spürte als hörte, von ihnen herrührte oder von meinen tiefes Aus- und Einatmen nicht gewohnten Bronchien.

Ich lief noch ein Stück, setzte mich vor dem struppigen Blumenbeet zwischen Turm- und Stromstraße auf eine Bank und überließ mich dem Ansturm der miteinander im Widerstreit liegenden, pausenlos mutierenden, mal verlöschenden, mal neu aufflammenden, doch immer unvollständigen Gedanken:

Mein Geld war mit dir in meiner Wohnung oder schon sonstwo, du mußtest zur Triade ... Danach sollte dich Marlene abholen und für die Nacht wieder zu mir bringen. Aber würde sie kommen? Ich hatte sie nicht angerufen, sie nicht mich. Also würde ich, bis du fertig warst mit U-Test und Therapiegespräch, im *Schwanensee* sitzen – oder auch nicht. Joe forderte absolute Pünktlichkeit, doch wie wollte er kontrollieren, ob dich tatsächlich stets und ständig einer von uns begleitete? Wenn die anderen sich jetzt ganz zurückzogen und ich als einzige übrigblieb, wäre ich ja rund um die Uhr damit beschäftigt, dein Schatten zu sein. War das möglich? Müßte ich dich dann nicht auch zum Blumenstand mitnehmen, wie Franz seine fette Hündin Biene? Wollte ich das überhaupt noch? Nein, verkriechen wollte ich mich, mein Herz schlagen hören, weinen, alle drei Minuten jeden meiner Lymphknoten einzeln abtasten, darauf warten, daß ich Fieber bekam. Aber war es denn wahrscheinlich, daß ich mich bei dir angesteckt hatte? Hatte ich nicht meistens Glück gehabt im Leben und außerdem eine robuste Konstitution? Gab mir deine, nun allerdings gar nicht mehr verwunderliche sexuelle Vorsicht nicht doch die Hoffnung, blauäugig davongekommen zu sein? »Die Hoffung«, hatte meine Oma oft gesagt, »ist der Tod.« Und wie weiter? Ich liebte dich, aber begehrte ich dich auch noch, nun, da klar war, wie es um dich stand? Und selbst wenn ich dich noch begehrte, würde ich dich küssen können, wenigstens das, ohne mich pausenlos zu fragen, ob ich vielleicht eine winzige Fissur in der Lippe, der Zunge, dem Zahnfleisch hätte; und wenn nicht ich, dann du? Würde ich es schaffen, mich an Kondome zu gewöhnen, die Angst zu besiegen, die, trotz größter Vorsicht, zu der ab jetzt auch ich gezwungen wäre, alle anderen Gefühle höhnisch dominierte? Würde ich, immer die Panik im Nacken, jemals wieder einen Orgasmus haben? Mit dir? Und falls mir übermorgen oder später ein anderer nahekäme und auch gefiele, was würde ich tun? Wie mich entziehen? Hatte ich denn noch so etwas wie Verlangen oder gar Lust? Im Moment sicher nicht, nicht einmal auf das bißchen Onanie in Christophs Badewanne. Und sollten sich derartige Bedürfnisse je wieder melden, wäre es dann nicht nur gut für mich und den oder jenen, daß die stets gegenwärtige Angst sie postwendend in die Flucht schlagen würde? Und wenn ich nun doch infiziert wäre, trotz deiner »Maßnahmen«? Was, außer meinem Leben, hätte ich zu verlieren? Ich könnte mich ja kein zweites Mal anstecken, also zumindest mit dir weiter Sex haben. Ich wäre, was ich nie über eine unbestimmte Zeit hinaus gewesen war, treu. Ich würde sterben, wenn nicht aus Angst – oder bei einem Verkehrsunfall der üblichen Art oder an dessen Folgen –, dann an dieser Scheißkrankheit, und ganz arm und jämmerlich, und leider erst nach dir. Oder nicht leider? Wenn du tot wärst und ich tieftraurig, aber noch nicht allzu hinfällig, könnte ich mir zur Not einen anderen suchen, einen, der auch Aids hat ...

Wahrscheinlich hätte ich mich diesem Gedankengemetzel nicht sobald entzogen, wenn es dem unmittelbar Bevorstehenden nicht doch gelungen wäre, die Priorität an sich zu reißen: Ich mußte zurück in meine Wohnung, nachsehen, ob ihr noch da wärt, du und mein Portemonnaie. Ich mußte versuchen, Marlene zu erreichen, sie fragen, ob sie dich abhole oder ob ihr Engagement seit gestern beendet sei, und dann, egal, was sie sagen würde, wäre es schon wieder Zeit, zur U-Bahn zu gehen.

Du warst nicht zu Hause, aber meine Geldbörse lag dort, wo ich sie vermutet hatte, in der Schublade des Küchentischs, und als ich nachschaute, fehlte kein Schein, vielleicht einige Markstücke. Auf dem Kühlschrank entdeckte ich dann deinen Zettel: »Bin alleine los. Bis später. Harry.«

»Bin alleine los« deutete ich als Indiz dafür, daß du in

die Eisenacher Straße unterwegs warst, und entspannte mich ein wenig, obwohl du eine solche therapiewidrige Eigenmächtigkeit bislang nicht begangen hattest, jedenfalls nicht, wenn du von meiner Wohnung aus dorthin aufgebrochen warst. Doch war mir nicht eben auch der Gedanke gekommen, daß wir Joes Vorschriften allmählich etwas nachlässiger handhaben könnten?

Ich rief Marlene an, die meinte, sie würde dich »pünktlich einsammeln«, schon um dich dies und das zu fragen. Von deinen Antworten, falls du heute und für sie welche hättest, hinge es ab, ob sie weitermache oder nicht. »Du sollst dich nicht erklären. Ich glaube dir, daß du nicht mal ahntest, in welch einen Schlamassel du uns da mit hineinziehst«, sagte sie milde und verabschiedete sich unter einem Vorwand.

Ich wählte die Nummern der anderen Groupies, erreichte jedoch keinen, fand das mitten am hellichten Tag aber nicht verwunderlich und ließ mich, fast erleichtert darüber, daß ich mit niemandem zu sprechen brauchte, auf meine Matratze fallen. Ich war so müde, wollte einerseits abtauchen, andererseits weitergrübeln und dich irgendwann kommen hören, ich meine zur Tür herein; einen Schlüssel hattest du ja längst. Die Frage, was wohl schlimmer wäre, wach bleiben und denken oder schlafen und träumen müssen, war die im Kreise laufende Katze, die ihren Schwanz jagte und mich schließlich in die Twilight-Zone beförderte.

XII

Wann warst du zurückgekommen? Hatte Marlene mit dir sprechen können und dich später bis zu meiner Haustür begleitet? Wovon war ich an jenem Abend noch einmal wach geworden? Davon, daß du im Zimmer das Licht eingeschaltet hattest? Wahrscheinlicher davon, daß sich auf meiner Bettdecke etwas bewegte, leichter und schneller und insgesamt ganz anders als eine Menschenhand. Noch ehe ich es erblickte, wußte ich, das, was da auf mir herumspazierte, konnten nicht deine Finger sein. Doch erst als für Sekunden nichts mehr tapste und ich, selbst durch die Decke hindurch, ein geringes, aber dennoch irgendwie körperliches Gewicht auf meiner Brust verspürte und dann ein seltsames, von etwas sehr Filigranem verursachtes Kitzeln im Mundwinkel, öffnete ich die Augen und erkannte, weil es so nahe war, nicht gleich, daß mich ein Tierchen beschnupperte. Ich schüttelte den Kopf, nicht vor Ekel, nur erstaunt; ich glaubte ja nicht zu träumen, wer träumt schon, er würde gekitzelt, da sprang das Tierchen, als habe es sich erschrocken, mit einem Satz zur Seite, und nun sah ich, was es war: Eine Ratte, eine kleine oder noch sehr junge schwarze Ratte mit glänzenden schwarzen Augen und langen, ein wenig zitternden Schnurrbarthaaren an der weißen Schnauze und weißen Pfoten und einem weißen Fleck am Bauch, der mir auch nicht lange verborgen blieb, denn sie machte Männchen, hob witternd die Nase – und eroberte mein Herz, sozusagen aus dem Stand.

Du griffst dir die Ratte, die sich das offenbar gerne gefallen ließ. Mein Blick folgte ihr, bis sie auf deiner Schulter saß und aus ihren Knopfaugen zu mir hinunterblickte, wie du.

»Das ist eine skandinavische Weißfußratte, kein gewöhnlicher Kanalfreak. Ich habe sie in der Zoohandlung am Mierendorffplatz gekauft, sie heißt El-Friede«, sagtest du – seltsam väterlich, »El-Friede wie El-Hakim, arabische Schreibweise, wenn du verstehst, was ich meine.«

Mir fiel wieder ein, wie du heute morgen in der Pose eines Matadors vor der Duschkabine auf mich gewartet, das rote Badetuch geschwenkt und »Friede« gerufen hattest, und ich knurrte: Gut, dann werde ich sie Friede nennen. Ich hab's nicht so mit dem Orientalischen, und Friede ist eine hübsche Kurzform von Elfriede oder meinetwegen auch El-Friede, und die Schreibweise kann mich mal; ich muß ihr ja wohl keine Briefe schicken.

»Warum nicht?« sagtest du. »Die wird sie sicher alle lesen und beantworten, klug wie sie aussieht.«

Ich wunderte mich, daß der Trick mit der Ratte (denn für etwas anderes als den neuesten deiner vielen Tricks hielt ich diesen Zirkus nicht) so gut funktionierte. Das putzige, zutrauliche Tierchen lenkte mich tatsächlich ab, dämpfte irgendwie den Aufruhr in meinem Gemüt. Gib sie mal her, sagte ich.

»Aber bitte, mein Baby«, sagtest du erfreut und reichtest mir Friede, mit beiden Händen, also wirklich wie ein ganz kleines Baby.

Ihr Fell war weich, ihr Herz schlug schnell, und sie roch so gut, wie ich es von einer Ratte nicht erwartet

hatte: nach Wollpullover, frisch aus dem Wäschetrock-
ner; als ich ihren Duft tiefer inhalierte, auch ein wenig
nach Patschuli und Pfefferminze.

Die nächsten Tage verbrachten wir, wenn es nicht gerade
nötig war, etwas überzuziehen und zur Triade zu fahren,
auf unseren Matratzen, ziemlich einsilbig und einander
die Füße zustreckend, und nur zwei, drei Vormittagsstun-
den lang, in denen ich zaghaft versuchte, dir Fragen zu
stellen, auch wieder Kopf an Kopf.

Friede, die den Kohlenkasten des alten Beistellherds
zu ihrer Haupthöhle erkoren und mit dem von mir be-
reitgelegten Heu ausgepolstert hatte, konnte sich frei in
der ganzen Bude bewegen, kam aber gerne zu dir oder zu
mir, besonders am Abend. Und manchmal durfte sie bleiben, selbst über Nacht, denn sie war erstaunlich schnell
stubenrein, pinkelte und schiß ausschließlich in eine ganz
bestimmte, so weit wie möglich von ihren Vorräten entfernte Ecke des Kohlenkastens, knabberte bloß unser
Bettzeug an und »befreite« dich, wie du es deutetest,
von deiner Uhr, deren Lederarmband sie durchnagte,
während du schliefst, so behutsam, daß du nichts davon
merktest. Friede wollte Nüsse, Kekse, Schokolade und
spielen. Sie liebte es, Anlauf zu nehmen, dir oder mir auf
die Brust zu springen und sich dann nicht ergreifen zu
lassen, sondern zu entkommen und das Ganze zu wiederholen. Wurde sie irgendwann doch erwischt, quiekte sie,
vergnügt, wie du meintest. Und tatsächlich sah es so aus,
als ob sie womöglich Humor hatte; ihr Quieken jedenfalls klang übermütig wie das eines Kleinkinds, das in die
Luft geworfen und wieder aufgefangen wird.

Marlene hatte beschlossen, uns künftig fernzubleiben, und begründete es am Telefon damit, daß du ihr keine einzige Antwort gegeben, nur Ausreden gebraucht hättest, versprach aber, am letzten Treffen teilzunehmen. Juli, Clara und Hanna zogen sich ebenfalls zurück, Hanna per Klartext; Juli und Clara erklärten sich nicht näher. Clara, die betonte, daß sie auch in Julis Namen spreche, sagte vage, es täte ihnen leid. Doch zum Treffen kämen sie trotzdem, weil sie dir, wie Clara es formulierte, »nichts vermasseln« wollten; du wärst »so schon genug gestraft«. Aber Frank blieb uns erhalten, meinte, daß ihn dein »Schicksal nun erst recht und vor allem als künstlerische Herausforderung, also auf der professionellen Schiene« interessiere, und ebenso Marc, der sich am wenigsten Sorgen machte, seine Angst zumindest nicht zeigte. »Kommt doch aus meiner Heimat, die Scheiße. Kommt aus den Staaten, wie so mancher Ärger und ich. Hat garantiert der CIA verbockt oder die NASA. Aber das kriegen die wieder hin, müssen sie ja. Wird allerdings 'ne Weile dauern, diesmal«, erklärte er lachend, fast ein wenig stolz, als er, ohne daß er sich vorher angekündigt hätte und auch schon etwas betrunken, spät am Abend des ersten Sonntags nach Joes Bombe mit einer Flasche Whiskey unterm Arm vor unserer Tür stand.

Obwohl – von Ausnahmen abgesehen – nur noch ich dich zur Triade brachte oder von dort abholte und doch immer öfter hinnahm, daß du allein unterwegs warst, und eine Menge regelte, klärte, organisierte, meistens für dich, und jedes Wochenende Blumen verkaufte, kann ich mich kaum daran erinnern, wie dieser zweite Wohngruppenmonat verging, schnell sicher nicht. Wir Übriggebliebenen, du, Frank, Marc, ich, sogar Joe, besprachen miteinander gerade mal das Nötigste, wollten, denke ich, den Zeitdruck, den Zwang, die Kontrolle los und nicht länger Kind oder Kindermädchen sein, wünschten den Tag herbei, von dem an du allein für dich verantwortlich wärst.

Doch soweit er mich betraf, war dieser Wunsch halbherzig. Halbherzig ist ohnehin das Wort, mit dem sich immer noch am besten fassen läßt, wie mir zumute war. Ich wollte bei dir bleiben, dir nahe, aber nicht ganz nahe sein. Die Angst vor und die Liebe zu dir attackierten einander pausenlos; mal gewann die eine Oberhand, dann wieder die andere, was mich alles in allem auf schwer beschreibbare Art lähmte, den Schmerz betäubte und mich diese Taubheit als schmerzlich empfinden ließ. Ich war von Kopf bis Fuß wie ein einziger, großer Backenzahn, der nicht wirklich weh tut, auf den zu beißen man aber möglichst vermeidet. Es gab Phasen, in denen mich die Verzweiflung derart im Griff hatte, daß ich schon wieder tollkühn wurde. Dann fummelte ich, mit den Tränen kämpfend, an dir herum, und wenn ich ein standhaftes Ergebnis erzielte, was trotz der grimmigen Miene, die ich dabei machte (denn sie spiegelte sich ja wider in deinen weit geöffneten, mich unglücklich anschauenden Augen), meist immer noch der Fall war, zog ich dir ein Kondom über und ritt deinen Schwanz, der sich kühl anfühlte und undefiniert glatt, wie ein Fremdkörper, zunächst dildoartig, doch bald weißwürstchenweich; und genau so sah er aus – einen Moment nachdem ich endlich aufgegeben und mich von dir runtergerollt hatte, auch weil ich fürchtete, durch meine hektisch-verklemmten Bewegungen könnte sich das Kondom gelöst und in mir verkrümelt haben. Aber jedesmal hing die Pelle noch an deinem ..., laß es mich Glied nennen, das sich zu schämen schien, unter dem Gummi und meinem mitleidigen Blick.

Du warst in dieser Zeit unbeirrbar sanft, ja demütig, hocktest im Morgengrauen neben meiner Matratze, strichst mir das Haar aus dem Gesicht, küßtest meine Wangen, meine Stirn und glaubtest wohl, ich schliefe. Manchmal legtest du sogar den Bademantel ab, krochst zu mir unter die Decke, gebrauchtest, wenngleich erfolglos, deine Finger oder schmiegtest dich nur an mich mit deinem so gesund wirkenden, kräftigen Leib, dessen Wärme mich noch trauriger machte, als ich eh schon war, doch irgendwie auch tröstete.

Genug. Angst bleibt Angst, sich also gleich. Es ist vielleicht nicht ganz sinn-, aber völlig zwecklos, sie immer wieder zu beschwören, in ostinaten Wiederholungen.

XIII

Außer Thomas, von dem ich nie wieder etwas hörte, und Christoph, der mich seit unserem zweiten Treffen nicht mehr angerufen, aber eine bunte Postkarte aus »bella Italia« geschickt hatte, auf deren Rück- oder Schreibseite er mir für »circa vier Monate« den Blumenjob überließ und Glück »fürs weitere Leben« wünschte, waren alle gekommen zum großen Finale bei Joe, das du »Showdown« nanntest. Joe gratulierte uns und dir; und wenn ich mich nicht irre, klang er ein wenig ironisch, als er sagte, es sei sicher nicht leicht gewesen, so lange durchzuhalten.

Nach kaum einer halben Stunde erklärte er das Treffen für beendet, und du sprachst, den Gerührten mimend, deine Einladung zu einer »ganz kleinen Feier« im *Schwanensee* aus, der selbst Joe folgte. Nicht gerade zu unserem Entzücken, denn niemand war daran interessiert, daß er unser Theater im letzten Moment doch noch durchschaute oder uns auch nur ehrlich sagte, was ihm, falls er nicht ganz blöd war – und es gab keinen Grund, ihn dafür zu halten –, kaum entgangen sein konnte. Aber Joe erwies sich als ein echter Schauspielerkumpel, löffelte seine heiße Schokolade, meinte, wir würden ihm zu viel rauchen, und außerdem sei er müde, und verließ schon bald unsere ohnehin nicht sehr vergnügliche Runde.

Auch deine »Exgroupies«, wie du uns kühl nanntest, blieben nicht lange.

Clara überreichte dir zum Abschied zwei Bücher, »Zwischen Gorleben und Stadtleben« von einem gewissen Dieter Panzer und eine Anthologie mit dem Titel »Früchte des Zorns«, die sie dir besonders ans Herz legte, weil darin drei ihrer »besten Gedichte verewigt« seien. Und ja, Harry, ich erinnere mich an vieles, was damals gesprochen wurde, selbst an den Quatsch, den Clara so redete, doch wie diese beiden Druckerzeugnisse hießen, das hätte ich längst vergessen, wenn nicht auch die, versehen mit gemeinen kleinen Randzeichnungen von keinem anderen als dir, bei mir gelandet wären, was immerhin beweist, daß du sie mal durchgeblättert, vielleicht sogar gelesen und bis zum Schluß behalten hast.

Frank schenkte dir eine Vierfarblithographie, die dich darstellte, mit leerem Blick, hochgezogener Augenbraue und fast gewaltsam zu einem Grinsen verzerrten Mund. Dieses Blatt ist leider verschwunden, jedenfalls nicht mir in die Hände gefallen.

Juli und Hanna schlangen, ehe sie gingen, kurz die Arme um dich und drehten dabei ihre Köpfe so zur Seite, daß gerade mal ihre Frisuren dein Gesicht berührten.

Marlene aber gab weder dir noch mir die Hand, klopfte nur kurz auf den Tisch, und weg war sie.

Marc zog aus seinem Rucksack eine dicke, grob gestrickte Jacke, legte sie dir über die Schultern und verknotete deren Ärmel unter deinem Kinn. Als er damit fertig war, knuffte er seine Faust gegen deine Brust. »Ein Winter kommt bestimmt noch«, sagte er lachend; und du und ich, wir lachten auch.

»Über den Daumen gepeilt, gibt es nur vier Sorten von uns: die guten Guten, die bösen Bösen, die bösen Guten und die guten Bösen. Die guten Guten und die bösen Bö-

sen bleiben, was sie waren, die sind selten, aber langwei-
lig. Ebenso die bösen Guten, die sind eine Weile die lieben
Kinder braver Eltern mit Häuschen und Garten, doch sie
werden größer und wollen die Häuschen und die Gärten
und machen alles, damit sie alles bekommen, wovon sie
meinen, es stünde ihnen zu. Die einzigen, die zählen, das
sind die guten Bösen, die ziehen die Arschkarte schon am
Tag ihrer Geburt und lernen, wie die bösen Bösen, nichts
als lügen und betrügen und prügeln und rauben, bis sie
ein paar Jahre Knast abgreifen und auf dem Zahnfleisch
kriechen und manchmal unter die Röcke einer Religion
oder einer Ideologie. Dann tun sie nicht einmal mehr ein-
ander Gewalt an, sondern nur noch sich selber, aus Angst
vor Strafe und davor, rückfällig zu werden, also böse
Böse – für den Rest des Lebens – wieder und wieder hin-
ter Gittern.«

Keine Woche später hattest du eine Wohnung gefunden,
somit die vorvorletzte Therapieauflage erfüllt. Und da
ich wußte, daß es nicht anders ging, daß du anders nicht
wirklich freikämst, nahm ich einen kleinen Kredit auf,
lieh dir das Geld für die Kaution, die niedrig war, denn
diese weit von meiner entfernte Unterkunft in der Emser Straße an der Peripherie des Stadtbezirks Neukölln
und nahe dem Flughafen Tempelhof erwies sich als miese
Bruchbude, als selbst im Sommer finsteres, fußkaltes Erd-
geschoßloch; und ich trennte mich um so leichter von
den paar Kröten. Über kurz oder lang, da war ich sicher,
würdest du ja doch wieder bei mir landen und mich bis
dahin mindestens jeden zweiten Tag besuchen, schon wegen Friede.

Es kam aber eher umgekehrt; ich besuchte dich, sooft der Fortbildungskurs zum Lichtsetzer, den mir das Arbeitsamt aufs Auge gedrückt hatte, und die seltsame, sich schleichend meiner bemächtigende Lethargie, von der ich mich bedroht fühlte wie von der Krankheit, dies zuließen. Manchmal nahm ich mir mitten in der Nacht ein Taxi, glaubte, dich überraschen zu wollen, und war froh, daß es nicht möglich war, dich vorher zu fragen, ob es dir recht sei, denn du hattest ja noch kein Telefon. Ich schlief schlecht ohne dich. Ich hielt es kaum aus, nicht genau zu wissen, was du treibst, und redete mir ein, das ganze Geld nur zu verfahren, weil dir doch jemand helfen mußte, und dieser jemand war ich, wer sonst. Ich stand dann, bepackt mit Haushaltskram, Fressalien und Rotweinflaschen, Friede in einer Jackentasche, in der anderen Zigaretten für dich, vor deiner Tür und klingelte und klopfte, so lange, bis du mich verschlafen lächelnd einließest. Du hattest behauptet, von deiner Hausverwaltung lediglich einen Schlüssel bekommen zu haben und daß ein zweiter »schon noch gemacht« würde, aber wenn ich dich, immer mal wieder, nach diesem zweiten Schlüssel fragte, sprachst du von einer schriftlichen Genehmigung des Vermieters, die der »ganz bestimmt« bald vorbeibrächte.

Ich war, wie sich herausstellte, nicht die einzige, die das Bedürfnis hatte, dir zu helfen. Eines Abends, als ich, eben erst angekommen, deinem Klo zustrebte, begegnete ich in deiner Küche dem roten Plüschsofa, das bei Juli dein Gästebett gewesen war. Ja, meintest du, die habe sich einen Futon zugelegt und das alte Teil dir angeboten.

Wie, sagte ich, die war hier?

»Nee, ich war bei Juli«, gabst du kleinlaut zu. »Nur mal so, guten Tag und auf Wiedersehen. Hab gleich von ihr aus ein paar Kumpels angerufen und den Transport organisiert.«

Was für Kumpels, fragte ich ehrlich erstaunt.

»Na, Kumpels eben, Jungs von der Triade und vom Karateclub. Du kennst die nicht. Warum auch?«

Mehr war dir in der Angelegenheit nicht zu entlocken und ich nicht in der Stimmung weiterzubohren, obgleich ich es schon eigenartig fand, daß zwischen dir und Juli wieder Kontakt bestand, du dein Training wieder aufgenommen und sogar irgendwelche Kumpels hattest.

Du borgtest dir von Frank eine Bohrmaschine und jede Menge Werkzeug, erwirktest ohne mein Zutun beim Sozialamt einen Einrichtungsvorschuß, kauftest Trödellampen und im Baumarkt Bretter und warst tagelang am Basteln. Ich handwerklich unbegabte Linkshänderin konnte dir dabei nicht nützlich, sondern nur im Wege sein und merkte, daß dir meine Infiziert-oder-nicht-infiziert-Monologe ziemlich auf die Nerven gingen, obwohl du dich bemühtest, sie gefaßt über dich ergehen zu lassen. Außer dem an Friede und den *Doors* hatten wir kaum mehr gemeinsame Interessen; du sägtest und schraubtest dir dein »neues, freies Leben« zusammen, das in meinen Augen nur ein freies Sterben war, und ich fürchtete mich, weil ich nicht wußte, wohin die Reise ging, davor, erst dich, dann mich zu verlieren, und davor, bald wieder richtig arbeiten zu müssen, auch davor, daß du mir womöglich mein Geld nicht zurückgeben würdest ..., eigentlich vor allem, was Menschen von deiner Art nie, aber Menschen wie ich damals üblicherweise Zukunft nannten.

Noch eine Woche drauf, dein letzter Triade-Monat war gerade mal zur Hälfte um, hattest du über deinen Bewährungshelfer sogar schon einen Job, nicht direkt als Setzer, die wurden, wie ich aus eigener Erfahrung wußte, eh kaum mehr gebraucht, doch immerhin bei einer Druckerei, einer kleinen Klitsche in Schöneberg, die Remakes von alten Werbepostern und Reklametafeln herstellte, »die ganze Palette, von *Persil*-Weibern und *Sarotti*-Mohr bis *Erdal*-Frosch und *Lurchi*«. Sei nicht gerade dein Traum, so was zu machen, und gut bezahlt würde es auch nicht, und lieber, hättest du zum »verdutzten« Joe gesagt, wärst du »Drogenberater« geworden, weil du davon ja wirklich was verstündest; aber egal, entscheidend sei, daß »der Arsch nun gar keinen Wind mehr in den Segeln« und dein »Bewährungsfuzzi« den »Erlaß der Reststrafe aus gesundheitlichen Gründen« beantragt habe.

Du warst verdammt gut gelaunt, als ich dich an jenem Tage aufsuchte, ohne Friede und ohne daß wir verabredet gewesen wären, eigentlich nur, um dir mitzuteilen, wie beschissen ich mich fühlte seit dem Morgen, seit ich bei mir grippeähnliche Symptome diagnostiziert hatte, die allerdings auch die ersten Anzeichen für eine HIV-Infektion sein konnten. Das hatte ich dir klagen und mich von dir beschwichtigen, wenn nicht trösten lassen wollen. Aber ich wußte nicht, wie ich beginnen sollte, denn du strahltest mich an, stelltest Kerzen auf den Küchentisch, köpftest eine Flasche Sekt, setztest mir eine große Schüssel Fruchtquark vor und sagtest: »Ach Baby, nun guck nicht immer wie ne Domina mit Latexallergie. Läuft doch alles bestens, und spätestens Ende nächsten Monat hast du deine Piepen zurück. Wirst sehen, Haary macht das schon.« – Wieder fiel mir auf, daß du deinen Namen neuerdings anders betontest; du sagtest, wenn du in der dritten Person von dir sprachst, nicht Harry, sondern mit gesenkter Stimme das a dehnend: »Haary«. Als ich fragte, warum, lachtest du mutwillig laut, was auch neu war, und meintest, so ausgesprochen passe der Name besser zu dir. Dieses komische Argument wäre noch eine Recherche wert gewesen, doch ich ließ mich von deinem Optimismus mitreißen, zumal du mir deine »neueste Errungenschaft« vorführtest, einen Sony-Plattenspieler, den dir, wie du erklärtest, einer deiner neuen Kumpels überlassen hatte. Du warst gerade dabei, »Waiting for the Sun« von den *Doors* aus dem Cover zu ziehen, da klingelte es, mehrmals hintereinander. Du schautest etwas überrascht, und ich ärgerte mich ein wenig, obwohl ich schon neugierig war auf die Wesen, die um diese Zeit, immerhin war es elf Uhr abends, Einlaß begehrten, und außerdem hatte ich bislang weder bei mir noch bei dir erlebt, daß jemand, den ich womöglich nicht kannte, dich besuchen wollte.

Du gingst zur Wohnungstür; ich blieb auf Julis Sofa sitzen, hörte drei fremde Stimmen, eine etwas nölige dialektfreie und zwei berlinernde Bässe. Und dann standen sie in deiner Küche, die Gebrüder Kling, die du mir in jenem Moment allerdings einzeln vorstelltest, sehr zu meinem durchaus skeptischen Erstaunen, denn ich fragte mich, anhand welcher Merkmale du die beiden, falls du sie nicht sehr lange und ganz genau kanntest, zu unterscheiden wußtest. Elmar und Eginhard, wie du sie nur dieses eine Mal nanntest, danach nie mehr anders als Elmi und Eggi oder einfach die Klingsbrüder, waren eineiige Zwillinge, die eineiigsten (verzeih den falschen Superlativ), die ich je sah. Habe ich dir irgendwann einmal gesagt, wie irre ich die fand? Die Klingsbrüder waren nicht kleinwüchsig, aber klein, richtiger kurz, was ihrer fast würfelförmigen Statur wegen besonders auffiel. Wirklich, sie sahen aus, als hätten sie Modell für die Lego-Männchen gestanden; doch im Unterschied zu diesen war an den Klingsbrüdern gar nichts rund, nicht einmal die Köpfe. Sie hatten, unter eckig geschnittenen, etwas verwilderten Prinz-Eisenherz-Frisuren, eckige, ausdrucksarme, aber nicht stupide wirkende Gesichter, kleine breite Hände mit gleich langen Fingern und kleine quadratische Füße, die, ehe sie sich ihrer entledigten, in klobigen Plateausohlenturnschuhen gesteckt hatten. Selbst die Bewegungen der Zwillinge und ihre Art zu sprechen wirkten eckig; absolut zutreffend hattest du deine beziehungsweise ihre Vorstellung mit der Bemerkung »die ecken auch immer mal wieder an« beendet.

Wer weiß, warum das Mädchen, das ich ja, ebenso wie die Klingsbrüder, bereits an deiner Tür gehört hatte, uns erst Minuten später unter die Augen trat. Sie nölte was von »Taschentuch suchen und Tabak vergessen« und setzte sich, tief Luft holend, neben dich auf die Couch. »Das ist Lila«, sagtest du zu mir, »leider kenne ich sie nicht näher, noch nicht.«

Du reichtest Lila, die es nicht für nötig hielt, deinen

Worten etwas hinzuzufügen, deine Packung *Gitanes*; sie nahm eine Zigarette, ließ sich von dir Feuer geben und inhalierte tief. Lila war dünn und rotblond, ihre Gesichtshaut bläulich fahl, ich könnte auch sagen hellviolett, und, außer der Stimme, alles an ihr irgendwie tief: Die großen, feucht glänzenden Augen lagen tief in den Höhlen, sie hatte ein tiefes Grübchen im Kinn, eine schmale, tiefe Taille, einen tiefen Brustansatz und saß, ein Kissen umklammernd, tief in sich versunken wie eingewachsen in der linken Ecke von Julis Sofa.

Auch die Klingsbrüder hatten dir, wie es sich gehört, wenn man bei einem frisch Behausten auftaucht, etwas mitgebracht, zwei jeweils als Präsent verpackte, schleifenbandrosettenverzierte, mit unterschiedlichen Mickymaus-Motiven bestickte Frotteesets, eins in Babyblau und eins in Babyrosa, die aus je einem Badetuch, einem Handtuch und einem Waschlappen bestanden. Ich befühlte das Zeug halb verwundert, halb beeindruckt; es war, obwohl sehr dick und flauschig, also von hoher Qualität, gelinde gesagt, scheußlich, und nie hätte ich für möglich gehalten, daß diese trotz ihrer Kleinheit sehr männlich wirkenden Würfel einem Hünen wie dir solchen Girliekitsch schenken würden. Aber du legtest, nachdem du ausgiebig Freude gezeigt hattest, alles ordentlich zusammengefaltet wieder zurück in die Kartons und stelltest diese, als sei dort der Ehrenplatz für deine größten Schätze, hochkant auf einen Bretterstapel. Dann holtest du eine Flasche *Baileys,* Kekse, O-Saft und Cola und meintest, nun könne die Party losgehen.

135

So wie an jenem Abend hatte ich dich noch nie erlebt. Du lachtest immerzu dieses neue, laute Lachen, brietest Spiegeleier, die außer mir keiner aß, fülltest Gläser, leertest Aschenbecher und fragtest zwischendurch die Klingsbrüder, wie es dem ginge und was mit jenem wäre, nanntest Namen, die mir nichts sagten, weil ich sie von dir bisher nicht gehört hatte. Schon nach den ersten Brocken, die dir Elmi und der weniger redegewandte Eggi hinwarfen – und die mich lehrten, sie zu unterscheiden, denn der eine war einfach dümmer als der andere –, konnte ich mir zusammenreimen, daß weder sie noch Lila, die allerdings kaum mal den Mund aufmachte, die Triade-Kumpels waren, von denen du gesprochen hattest, sondern alte Bekannte, wenn nicht gar Freunde.

Die Klingsbrüder hatten mit dir zusammen »ein paar Jährchen« in der JVA Seidelstraße gesessen, Eggi wegen schwerer Körperverletzung und Elmi, der einen Monat nach dir entlassen worden war, für »Betrug in Tateinheit mit Urkundenfälschung«.

Ihr schwelgtet in Erinnerungen: wie du, einer der »ganz wenigen Tegelianer mit schwarzem Dan«, in der Karategruppe die »Mörder, alles schlaffe Säcke, auf Vordermann« gebracht hättest, daß »olle Meyer, Till, als einziger von den arroganten Politischen« bei Eggi Ringen trainiert habe und folglich ein »prima Catcher« geworden sei. Ihr spracht über »Pfeifen wie Kalle, Ralfi, Hassan« und von Oleg, dem »alten Schwerenöter mit den zwei linken Füßen«, der eines Tages beim »Kata-Sahsi-Ashi-Üben« so »böse aufs Maul gefallen« sei, daß er sich die Schneidezähne ausschlug. Und irgendwann, du hattest aus deinem anscheinend unerschöpflichen Vorrat die nächste *Baileys-*

Flasche geholt, ging es sogar um Politik. Eggi schimpfte auf die »Arabs«. Diese »oberfaulen Südfrüchtchen« seien dabei, »die Geschäfte zu versauen«, weil sie »nur Mist« unter die Leute brächten und dann auch noch die Preise drückten. Elmi meinte, das sei doch »Pillepalle«, ihn interessierten mehr »die großen historischen Zusammenhänge«; es passiere zuviel in der Welt und zuwenig in Deutschland. »Die sitzen da, schaukeln sich die Eier, quasseln vom Frieden, den uns die lieben Amis beschert hätten, aber machen tun sie nur, was die Russen wollen.«

Du, entspannt zurückgelehnt, die Hand auf Lilas Hängeschulter, stimmtest ihm zu: »Ja, was machen die eigentlich, die Breitärsche? Die meinen, dreißig Jahre Frieden wären immerhin schon mal was. Frieden? Schöner Frieden, der kalte Krieg. Kann ich nur kontern: Euern komischen Burgfrieden verdanken wir doch auch bloß dem Adolf. Wenn der sich nicht so weit aus dem Fenster gelehnt hätte und wir nicht so viel auf die Nuß gekriegt hätten, wären wir längst wieder am Rumstänkern.«

Ich glaubte meinen Ohren nicht zu trauen, war ohnehin stinksauer, kippte in einem Zug mein Glas Rotwein, wollte intervenieren. Aber Harry, setzte ich an, sagtest du nicht, du seiest ein Linker? Nun sei mal froh …

»Halt die Klappe, jetzt reden wir«, unterbrachst du mich – in einem schneidend autoritären Ton, der so fremd klang, daß ich vor Staunen verstummte – und für den Rest der Feier, den ich damit verbrachte, über einen Zeitungsartikel nachzudenken, in dem ein berühmter Psychoanalytiker das Phänomen der multiplen Persönlichkeit beschrieben hatte.

In dem Stil ging es noch eine Weile weiter. Ihr erzähltet einander Alte-Kameraden-Storys, wie ihr den »fetten Schließer« X »reingelegt« und fünf Liter Spritessig aus der Anstaltsküche entwendet und dem Y eine »Abreibung verpaßt« hättet ... Doch ich verlor den Faden; der Rotwein wirkte. Außerdem war mir, als lernte ich gerade einen Harry kennen, der mit dem, an dem mein Herz hing, nicht viel gemeinsam hatte. Und zu meinem Erstaunen, das im Laufe des Abends Ausmaße annahm, die ich auch nur erstaunlich nennen kann, machte dieser Harry oder Haary kaum weniger Eindruck auf mich als der sanfte, der du die letzten Wochen gewesen warst und der sich wiederum von jenem unterschieden hatte, dem ich am Winterfeldplatz in die Arme gelaufen war.

Und ich weiß auch noch, daß Lila irgendwann aus der Küche ging und etwa eine viertel Stunde wegblieb und dann mit käsigem Gesicht im Türrahmen lehnte und sich auf dem Rückweg zum Sofa seltsam bewegte, leicht und schwer zugleich; wie ein schwebender Sack, dachte ich. Sie landete wieder neben dir, verdrehte noch zwei-, dreimal die Augen und sank, fest eingeschlafen, vornüber, bis die Klingsbrüder ihre Schuhe suchten und fanden und dir die Schultern klopften und erklärten, nun aber wirklich gehen zu müssen, und der eine, es wird wohl Eggi gewesen sein, sich Lila, die weit davon entfernt war, wach zu werden, mit seines Bruders Hilfe aufs Kreuz lud.

Du hattest gemeint, noch etwas frische Luft zu brauchen, und deine komischen Kumpels samt Lila Schlafsack hinausbegleitet. Als du zurückkehrtest, was, wenn ich mich richtig erinnere, nicht so bald gewesen war, lümmeltest du dich wieder in deine Sofaecke, gähntest hemmungslos, legtest keine Musik nach, brabbeltest nur mit schwerer Zunge vor dich hin: »An einem schönen Sonntag, es hatte grad getaut, da hamse Lorentz, Peter in Zehlendorf geklaut.«

Obwohl mein Zustand auch nicht der beste war, begriff ich in diesem Moment, daß an solchen wirrköpfigen Alibi-Proleten wie dir von dem ganzen »68er-Gedöns« (dein Ausdruck) nichts hängengeblieben war als ein paar Sprüche – und die Kanüle, durch die seither alle möglichen Substanzen in dich hineingeflossen waren und ihr bewußtseinserweiterndes Zerstörungswerk gründlich genug verrichtet hatten. Ich konnte mir vorstellen, daß du mich mit deinem wiederholten Lorentz-Peter-Singsang ärgern wolltest, aber nicht, daß *Baileys*, und seien es zwei Liter von dem Zeug, die du bei weitem nicht getrunken hattest, tatsächlich wie Alkohol wirkt, doch vielleicht warst du dieses eine und einzige Mal ja wirklich blau. Ich jedenfalls war ziemlich hinüber, versuchte trotzdem, das tapfere kleine Frauchen zu spielen, und machte mich, Gläser, Teller, Aschenbecher ins Spülbecken werfend, daß es nur so schepperte, mehr wichtig als nützlich. Wollte ich dir noch eine Diskussion aufdrängen? Hätte ich überhaupt noch ein verständliches Wort sprechen können? Habe ich versucht, dich von der Couch und ins Bett zu hieven?

Sicher ist, daß ich am Morgen spät erwachte, zu spät für den Lichtsatzkurs, der um neun Uhr begonnen hatte, und daß ich allein auf deiner Matratze lag. Schlaf- und womöglich auch noch rotweintrunken torkelte ich zu Julis Sofa, aber dort warst du nicht und nicht auf dem Klo. Ich stand ein paar Minuten barfuß in deiner dunklen, dreckigen, nach Schimmelpilz und Kippen riechenden Küche; mich würgten die in mir aufsteigenden Tränen und der Brechreiz, der ihnen folgte und drohte, sie einzuholen. Und obwohl mir Übles schwante, beschwichtigte ich mich mit dem Gedanken, daß es für deine Abwesenheit auch ganz harmlose Gründe geben könnte, daß du nur Schrippen oder Zigaretten kaufen wärst, oder zur Triade gefahren. Und außerdem half das alles nichts; ich mußte eine gute Ausrede finden und zu dem Kurs gehen, weil sie mir sonst die Stütze gestrichen hätten. Also beugte ich mich über den Geschirrhaufen, den ich in der Spüle errichtet hatte, wusch mir das Gesicht mit kaltem Wasser, zog mich schnell an und deine Wohnungstür hinter mir zu.

Während ich unter einem heftigen Sommerregen, der immerhin als Argument für meine Verspätung taugte, dem U-Bahnhof Leinestraße entgegenstrebte, schwor ich mir, keine Mark zu scheuen und Himmel und Hölle in Bewegung zu versetzen, damit du bald ein Telefon bekämst und ich jederzeit die Möglichkeit hätte, zu kontrollieren, ob du zu Hause wärst oder nicht.

XIV

Wahrscheinlich gab es genug Zeichen für die Veränderungen, die sich in und dann auch an dir vollzogen; ab wann sie unübersehbar gewesen wären, weiß ich nicht zu sagen, bis heute nicht, denn ich schaffte es ja, sie zu ignorieren, gegen jede Vernunft und so lange wie irgend möglich. Vielleicht war ich zu sehr mit mir beschäftigt, damit, ob ich mich testen lassen sollte oder nicht, ob ich den Lehrgang wirklich zu Ende bringen und danach als Lichtsetzer bei *Springer* versauern oder doch noch irgendein Studium anfangen wollte, ob Friede eine Rattenfreundin brauchte oder ich ihr genügte, ob du mich liebtest oder mir nur etwas vormachtest ... Es war wohl eher ein Prozeß, einer, der nicht gerade schleichend verlief und zum Finale hin sogar eskalierte, aber keinesfalls erst mit dem Richterspruch entschieden war. Es war wie mit dem Tod, den auch niemand und nichts, nicht einmal eine Maschine, haarscharf vom Sterben abgrenzen kann, weil er nicht urplötzlich eintritt, nicht auf die Sekunde genau zu bestimmen ist; egal, was der Arzt, der eh meist zu spät kommt, ins Protokoll schreibt – und sowieso egal, denn tot bleibt tot, selbst wenn der Tod und der Tote nach einer Stunde anders ausschauen als nach zehn Stunden.

Und natürlich hast du versucht, mir zu verheimlichen, was mit dir war. Und sicher habe ich mit deinen Ausreden vorliebgenommen. Ich wollte nicht sehen, was ich, wie sich bald zeigte, nicht sehen konnte, im Sinne von: *nicht mit ansehen;* und das hast du mir auch nur einmal und eher *versehentlich* zugemutet.

Ja, Harry, nachdem ich hinter deinem Rücken einen Dring-
lichkeitsantrag gestellt und extra dafür noch mal richtig
viel bezahlt hatte, bekamst du endlich Telefon, aber ich
noch immer keinen Schlüssel zu deiner Bude, und besser erreichbar warst du auch nicht, wenigstens nicht für
mich; mit deinen Kumpanen hattest du ja, wie ich schließlich herausfand, einen Code besprochen: einmal klingeln
lassen, auflegen, wieder wählen, fünfmal klingeln lassen,
dann abheben. Und als ich Bescheid wußte und dir dies
verschwieg und es bei der nächsten Gelegenheit ebenso
machte und dich an die Strippe bekam und hören konnte,
wie verblüfft du warst, weil du mit jemand anderem gerechnet hattest, vereinbartet ihr einen neuen Code.

Wann und als was du wieder eingestiegen bist und ob
gleich mit Heroin, habe ich nie erfahren; deine Aufzeichnungen enthalten dazu keinerlei Spekulationsmaterial,
ohnehin hast du, wenn ich richtig vermute, von August
1987 bis März 1989 gar nichts in dein Heft geschrieben.
Und als ich dich, viel später, einmal fragte, an welchem
Tag es zum Rückfall gekommen sei, meintest du: »Das
ist doch unwichtig. Davon kannst du dir nichts kaufen. –
Und ich auch nicht«, fügtest du kichernd hinzu. Apropos
kaufen, du hast mich wochenlang nicht angepumpt, nicht
mal, als du, noch in der Probezeit, also etwa anderthalb
Monate nachdem du dort angefangen hattest, den Job bei
der Schöneberger Reklameschilderklitsche verlorst, weil
dein Chef, wie du sagtest, von deiner Infektion erfahren
hätte.

Obwohl sie zu meiner fatalistischen Grundstimmung
paßte, bezweifelte ich im stillen, daß deine Auskunft der

Wahrheit entsprach. Du hast schon vorher gern geschlafen, doch zu jener Zeit schliefst du noch mehr und meist mit diesen halbgeschlossenen Augen, aus denen nur das Weiße mich anstarrte. Du warst, sofern ich dich in deiner Höhle überhaupt mal antraf, permanent müde, döstest vor dich hin, lasest keine Fantasyromane, hörtest nicht *The Doors*, sprachst kaum, spieltest nicht einmal mit Friede. Und ich Idiotin deutete all dies ausschließlich als erste Symptome der Krankheit, verabreichte dir teelöffelweise Brühnudeln, wollte, daß du zum Arzt gingst, wieder bei mir wohntest oder wenigstens aus dieser faulig-feuchten Bude in eine bessere umzogst. Aber du meintest, alles sei okay, du würdest nur zuviel »rumtoben«. Und als ich, wie so oft in jener Phase, zeterte und weinte und dir nicht abnahm, daß du, wenn du mir weder die Tür aufmachtest noch ans Telefon gingst, beim Karatetraining warst, gabst du dich, wie du es ausdrücktest, »geschlagen«, ludest mich etwas unwillig ein, dir zuzusehen, »nur bitte nicht jedesmal«.

Schon halb sechs, zwanzig Minuten früher, als wir es vereinbart hatten, wartete ich am Abend des nächsten Tages in einem Hinterhof der Neuköllner Hermannstraße vor einem häßlichen Flachbau aus den sechziger Jahren, von dem der Rauhputz bröckelte; doch die offenstehende Holztür zum Karateclub *Oyama*, durch die nicht gerade beängstigend, aber immerhin imposant wirkende, türkisch oder deutsch miteinander sprechende junge Kerle zu zweit oder zu dritt aus und ein gingen, war frisch und feuerrot gestrichen.

Ich fühlte mich ein wenig unwohl, weil diese Männer mich entweder gar nicht beachteten oder, falls ich mir das nicht nur einbildete, abfällig grinsten. Sowieso hatte ich geahnt, daß kaum einer seine Freundin hierher mitnehmen würde, und fürchtete, dich in Verlegenheit zu bringen oder, noch schlimmer, dir peinlich zu sein. Ich hatte getan, was ich konnte, damit mich niemand für deine ältere Schwester oder gar für deine Mutter hielt, Make-up aufgelegt, mir die Locken zur »Asipalme« hochgebunden, meine neue schicke Jeans angezogen, blaue Lederturnschuhe und ein weites, in schrillen Neonfarben bedrucktes T-Shirt, das lässig aussehen und vor allem meine unsportlich pummlige Taille kaschieren sollte.

Kurz vor sechs liefst du mir, eine Stofftasche über der einen deiner immer leicht nach vorn fallenden Schultern, lächelnd in die Arme. »Siehst nett aus«, sagtest du keine Spur verlegen und küßtest mich mit trockenen Lippen auf den Mund. Wir traten durch die Tür, begrüßten einen bulligen, nicht mehr ganz so jungen Kerl, der sein langes, dichtes Haar zu einer Art Nackendutt zusammengezurrt hatte und den du mir als »Tarik, den genialsten Autoschrauber von Kreuzberg« vorstelltest, und dann die Klingsbrüder, die auch schon da und bereits umgekleidet waren. Sie wirkten in den kastigen weißen Wickeljacken und den weiten, über den Knöcheln endenden Hosen noch gleicher und würfelförmiger.

Ich setzte mich zu einigen anderen, es waren ausschließlich Männer, die in mehr oder minder perfektem Schneider- oder Lotussitz am Rande des merkwürdig mit gekrümmten und gestrichelten blauen, gelben, schwarzen Linien bemalten Holzbodens Platz genommen hatten, und freute mich, daß ich noch immer gelenkig genug war und keinen Rock trug.

Sehr aufrecht, in geradezu würdevoller Haltung betratet ihr, also du und noch sieben weitere Männer, unter denen sich Tarik und die Klingsbrüder befanden, die Arena, wie ich den Ort des Geschehens mal nennen will, obwohl mir längst bekannt ist, daß ein Karateübungsraum *Dojo* heißt. Du sahst in dem weißen Zwirn, den dein breites Kreuz perfekt füllte, und mit dem über deinen schmalen Hüften geknoteten schwarzen Gürtel so umwerfend aus, wie du dann auch tatsächlich warst. Ihr begrüßtet mit einer knappen Verbeugung den *Dojo* und formiertet euch zu einer Reihe; du standest gleich neben einem an Armen, Händen, Füßen und selbst im Gesicht tätowierten, mit euch verglichen alten, drahtigen Asiaten, der kein Japaner oder Chinese zu sein schien, sondern eher ein Thailänder oder ein Kambodschaner. Dieser Mann, der, abgesehen von dir, der einzige war, der einen, allerdings breiteren, schwarzen Dan trug, rief euch etwas zu; heute weiß ich, daß es das Kommando »sheiza« war und auch, wie jene Kommandos lauten, die *sheiza*, dem Ritual gemäß, folgten. Daraufhin gingt ihr alle, erst mit dem rechten, dann mit dem linken Bein in die Knie, legtet die Hände auf die Oberschenkel und schautet nach vorn, aber niemanden an. Der Bunthäutige, offensichtlich der ranghöchste Meister, rief »mokuso«, und eure Lider schlossen sich, er rief »mokuso jame«, und ihr machtet die Augen wieder auf, neigtet eure Köpfe gegen den Asiaten, der, wie du mir später sagtest, tatsächlich Taiwanese war; er habe wegen »fortgesetzten Drogenhandels« für fünf Jahre mit dir in Tegel gesessen und sei während dieser Zeit dein Lehrer gewesen. Dem entbotet ihr den Gruß: »Sensei ni rei«. Dann grüßtet ihr euch untereinander, nahmt die Hände von den Schenkeln, schobt sie ein Stück über den Boden, legtet die Oberkörper nach vorn und verneigtet euch, hörbar ausatmend, noch einmal. Dann erst kamt ihr wieder auf die Füße, ebenso umständlich, wie ihr euch hingekniet hattet, verneigtet euch stehend ein letztes Mal und begannt mit der Gymnastik und schließlich sogar mit dem Training.

Ach, Harry, ich kann nicht behaupten, daß ich Augen nur für dich gehabt hätte. Auch manch anderer machte eine gute Figur, und selbst die Klingsbrüder wirkten nicht so albern wie sonst; doch du warst einfach anbetungswürdig. Wie hoch deine Füße flogen und wie sicher du auf ihnen landetest, wie geschmeidig du dich in den Hüften wandest, wie präzise deine Arme aus den Schultergelenken vorschnellten und wie elastisch du den Oberkörper zurückbogst, mit welcher Kraft du in die Höhe sprangst, dich drehtest und dabei das Bein abspreiztest und sekundenlang über dem Boden zu schweben schienst. Es sah aus wie Tanz; und voller Respekt beugte jeder deiner Gegner, du nanntest sie »Partner«, sobald er auf dich zutrat, seinen Kopf, und noch demütiger verneigtest du dich, wenn er sich, selbstverständlich besiegt, du würdest sagen »erfahrener«, wieder von dir entfernte.

Wieder wartete ich vor dem Karateclub *Oyama* auf dich, wieder fast ein halbe Stunde, und wieder kamst du mir entgegen, müde grinsend, das Haar noch feucht vom Duschen. Ich sah dich an, verzaubert wie im *Sommernachtstraum,* als wäre ich Titania, Lysander und Demetrius in einer Person.

Wir fuhren zu mir. Du ließest das Licht aus, legtest

dich, ohne auch nur die Sandalen abzustreifen, auf deine Matratze und erhobst keine Einwände, als ich Friede, die sofort unter deine Bettdecke wollte, mit den Worten: das ist aber mein Platz, ergriff, in die Küche trug und, nachdem ich mir gleich am Kühlschrank ein paar Schlucke Wodka eingepfiffen hatte, die Tür hinter ihr schloß.

Ich war bereit, alles zu vergessen, wollte einzig und allein bei dir sein, deinen manchmal säuerlichen, doch heute fruchtigen Atem riechen, deine etwas bittere Haut schmecken, deine breite, kaum behaarte Brust berühren, deine kräftigen Schultern, Arme, Beine, deinen Schwanz. Ich schämte mich für das, was ich ihm angetan hatte, und für meine Panik, die womöglich nichts anderes war als Feigheit, Hypochondrie, erbärmliches Rumhängen an meinem eh schon halb vergurkten, ohne dich völlig ereignislosen Leben. – Ereignislos – Los, war das nicht ein Synonym für Schicksal? Was also war mein Los? Und hatte ich nur eines? Nahm ich nicht jedesmal, wenn wir uns nahekamen, ein neues? Und waren in dieser Lotterie nicht selbst die Nieten Hauptgewinne? Gewann ich nicht immer, sogar, wenn ich verlor: Einmal die Angst vor dem Tod, beim nächsten Mal die Angst vor dieser Angst, dann wieder die Angst, keine Angst zu haben, also ohne Schutz und wenigstens darin dir gleich zu sein, bis wir noch gleicher wären, aber nicht mehr hier ... Über solche Gedanken, falls man die von drei sturzgetrunkenen Wodkas befeuerten, wie eingesperrte Zwergmarder in der Düsternis meines Schädels herumflitzenden Rudimente schlichtester Psychopolemik so nennen kann, steigerte ich mich hinein in eine – allerdings heroische – LMAA-Stimmung, die ja wirklich besser war als die waschlap-

pig-grämliche Weder-festhalten-noch-gehen-lassen-Para-
lyse, mit der ich uns wochenlang terrorisiert hatte. Ab
jetzt wollte ich richtig lieben, selbst-, also furchtlos. Und
das konnte ich doch bei keinem besser lernen als bei dir,
oder? Ich wollte mich aus der Hand und dir die Verantwortung übergeben. Ich wollte, daß endlich mal wieder
etwas los war – und du eben meins – mit großem L, wie
Liebe. Ich wollte nie mehr klein und feige sein, und ich
wollte einen Orgasmus.

Du mußt gespürt haben, daß etwas anders war, oder
wie früher, daß die Leidenschaft, mit der ich mich an
dir erfreute, nicht gespielt war. Denn dein Gesicht glät-
tete sich, was seltsamerweise dazu führte, daß du wacher
wirktest, obwohl deine Augen geschlossen waren. Deine
Lider zuckten, deine Lippen wurden weich und beweg-
lich, so, wie es ihrer hübschen, vollen Form entsprach.
Jetzt, da ich mich dieser Szene erinnere, verzeih, Harry,
wenn ich das sage, ist mir, als hätte ich dich im Schnee
gefunden und aufgetaut, dir meinen Atem eingehaucht,
deine Glieder mit meinen warm gerieben; und du kamst
tatsächlich zurück, aber nicht ganz. Ich wurde nach
langem Kampf belohnt für unseren Eifer und hatte die
Angst besiegt, doch nicht dich. Du schafftest es wieder,
mich von der Palme zu holen, und dein »Pinocchio«, wie
du ihn manchmal nanntest, hörte in meinen, nun wirklich nicht ungeschickten Händen auf zu lügen.

»Ärgere dich nicht«, sagtest du, »für einen *Sempai* ist
das Glück, sich beherrschen zu können, größer als das
Glück selber.«

Diesen Satz fand ich irgendwie blöd, aber doch interessant genug; zumal mit dem Orgasmus auch meine

Euphorie abgeflaut war. Ich fragte dich, was genau ein *Sempai* sei und seit wann du schon Karate machtest. Du mochtest das Thema und fingst an zu schwärmen; daß du schon seit zehn Jahren dabei wärst und daß dir dein Können in Tegel eine Menge Respekt verschafft habe. Und eines Tages würdest du, wahrscheinlich zusammen mit den Klingsbrüdern, ein kleines Studio eröffnen, eine Karateschule für Jungs ab vierzehn.

Wie das, fragte ich, Eggi ist von Hause aus Ringer und sein Bruder Fälscher.

»Ja«, meintest du, »deswegen hat er auch genug Kohle, der Elmi.« Und dann erzähltest du von Elmi Kling, der nicht so jung sei, wie ich vielleicht dächte, und sozusagen unser »besserer« Kollege, ein gelernter Noten- und Kupferstecher, der zudem alle Stahlstichtechniken beherrsche und vor dem Knast bei der Münchner Firma *Giesecke & Devrient* eine »bombig gut bezahlte Vertrauensstellung im Banknotensektor« gehabt habe. »Der Kleine ist ein absolutes As am Griffel, das glaubst du nicht. Wir beide und noch zwei, ein Buchdrucker und ein Reprofotograf, haben in Tegel die Druckwerkstatt bewirtschaftet, die Anstaltszeitung *Lichtblick* fabriziert und jede Menge Blödsinn. War eine prima Zeit mit Elmi.« Einen Tag nachdem sein Bruder entlassen worden sei, erzähltest du weiter, habe der »sonst so doofe Eggi« dem Elmi in einer Kneipe neben dem *Oyama* eine »konspirative Privatausstellung« unter dem schönen Titel »*Elmis Kassiber*« organisiert, »eigentlich nur für betuchte Extegelianer«, doch die hätten ein paar Sammler im »Schlepptau« gehabt. Du wärst auch da gewesen, zusammen mit Frank, und der »völlig von den Socken. Und die Kunstheinis erst, die hättest du mal sehen sollen. Denen sind vor Staunen die Lupen aus den Augen gefallen, haben sich zum Schluß fast gekloppt um die Sachen.« Noch am selben Abend hätte Eggi jede der etwa dreihundert Briefmarken »an den Mann gebracht, mal mit, mal ohne Kuvert, aber mit war teurer. Und nun muß Elmi ackern wie eine Hafennutte, um die Bestellungen abzuarbeiten. Der kommt gar nicht hinterher. Hat sich schon bei Frank erkundigt, ob er nicht einsteigen will.«

Wie, Briefmarken, fragte ich. Was ist der Witz dabei?

Und du erläutertest mir detailliert, daß Elmi die Mitteilungen für seine Kumpels draußen eben gerade nicht versteckt, sondern direkt in die Briefmarken hineingeschrieben und -gezeichnet hätte, mit den feinsten, zuvor in diverse Tinten getauchten Kanülen. Richtige, durchlaufend numerierte Comicserien seien so entstanden, und die hätten natürlich den größten Wert für die Elmi-Kling-Fans, die es selbst in Japan gäbe. Etwas derart »Geniales« sei den »stumpfsinnigen Postzensoren logischerweise nicht aufgefallen«, die hätten sich damit begnügt, die Kuverts umzustülpen und die Brieftexte zu deuten.

Wir lachten in dieser Nacht soviel wie seither nie mehr, ich, weil du lachtest, und du über deinen tollen Freund Elmi, von dem du mir einige Tage später vier unter »c/o Eginhard Kling« an dich adressierte Briefkuverts samt den wirklich sehr listig und komisch manipulierten Marken einer Berlin-Serie der Deutschen Post aus dem Jahr 1986 schenktest, die bis heute, professionell gerahmt hinter eins zu fünf vergrößerndem Spezialglas, zwischen den beiden Fenstern meines Zimmers hängen und die ich als eine Art Notgroschen betrachte, denn sie sind, wie ich herausgefunden habe, mittlerweile so um die fünftausend Mark wert, obwohl oder gerade weil Elmar Kling schon lange tot ist. Woran er starb, weiß ich nicht, auch nicht, ob sein Bruder noch lebt. Als ich vor etwa zwei Jahren mal in der Nähe der auf den Kuverts angegebenen Schierker Straße war, erwog ich, Eginhard zu besuchen, und fand auch gleich die völlig heruntergekommene Nummer 44, doch sein Name stand nicht am Klingelbrett und ebensowenig auf den Briefkästen, weder auf denen im Vorderhausflur noch auf denen in den beiden Hinterhausfluren, und der Seitenflügel war baupolizeilich gesperrt.

XV

»Drauf Sein«; der Ausdruck ist einfach nur flapsig und befremdet mich bis heute. Und immer noch wäre es sprachregelwidrig, wenn man *Drauf Sein* wie *Dasein* schriebe, obwohl es ein Dasein ist, das Drauf Sein – mit dem einen oder dem gegenteiligen Adjektiv davor; »gut drauf, schlecht drauf«, Hauptsache drauf. Nach dieser – sachlich und bildlich falschen – Idiotenlogik warst du also wieder »drauf auf der Nadel«, wie das hieß, wenn einer Opiate, vorzugsweise Heroin, »drückte«, »schoß«, »ballerte« ... Dabei warst du ja gerade nicht *drauf*, nicht einmal schlecht, sondern *drunter*, standest von Tag zu Tag mehr unter dem Einfluß der Droge, womöglich schon seit jenem, an dem du bei der Triade die letzte Urinprobe abgegeben hattest.

Nein, du benahmst dich zunächst nicht auffällig, jedenfalls nicht auffälliger als zuvor. Du tatest nichts von dem, wovon ich später in Ratgeberbüchern – etwa für Eltern suchtgefährdeter Kinder – las. Ich entdeckte keine Einstiche oder Hämatome in deinen Armbeugen, weil du dort längst keine Vene mehr fandest und dir den Stoff meistens in die Leisten injiziertest; aber auch das erfuhr ich erst viel später und nicht von dir. Möglich, daß es mir generell an Beobachtungsgabe mangelt, wahrscheinlicher, daß ich deine wortkarge Zurückhaltung, deine Ruhe, dein geringes Interesse an dir, an mir, an den alltäglichen Dingen, deine gemimte oder tatsächliche Furchtlosigkeit einerseits als deine Wesensart interpretierte und andererseits verdächtigte: Dein zunehmendes Bedürfnis, dich bei mir »anzuwanzen«, wie du es nanntest, wenn du mich in der Nacht kindlich, ohne sexuelles Verlangen, umarmtest, der kalte Schweiß auf deiner Stirn, die Schatten unter deinen rotumrandeten Augen, dein angewidertes Rumstochern in der Quark-Bananen-Pampe, deiner »Sportlerdiät«, die du dir manchmal selbst machtest, manchmal mich zusammenrühren ließest und dann doch meistens an Friede oder mich verfüttertest, das anfallartige Gähnen, das sekundenkurze Wegnicken, alles mögliche hielt ich für Symptome der Krankheit. Du konntest dagegenhalten, was du wolltest, das anstrengende Training, die Hitze, schlechte Laune ..., ich glaubte dir nicht, tat bloß so, als hättest du mich überzeugt oder wenigstens beruhigt.

Und tendenziell stabilisierte sich dein physischer und seelischer Zustand, wenngleich auf niedrigem Niveau, du wurdest sogar ein wenig aktiver. Erinnerst du dich daran, wie du Ende August, während ich in Halensee Blumen verkaufte, mal schnell meine Küche renoviert, genauer jene Wandsegmente überstrichen hast, an denen keine Regale, kein Kühlschrank, keine Duschkabine standen? Ich freute mich, aber nicht, weil die Fettflecke verschwunden waren, sondern weil etwas anderes noch da war, etwas, das du, wenn du gründlicher gewesen wärst, sicher gefunden hättest.

Harry, ich weiß nicht, wie ich es sagen soll; womöglich erinnere ich mich auch nicht besonders gut, aus Gründen, die endlich mal genannt sein wollen und für die ich trotzdem etwas Anlauf brauche.

Du wirktest über jene Sommerwochen, obwohl du nachts wie ein Klammeräffchen warst, um einiges sicherer und erwachsener, als kenntest du dich allmählich wieder aus im Leben. Wohl wahr, du gingst deine eigenen Wege, ließest dir nicht in die Karten gucken, doch wenn du dich mir zeigtest, also deine Tür öffnetest oder zu Besuch kamst, dann gleichbleibend gelassen, fast souverän. Vielleicht jammerte ich deshalb weniger, vielleicht hatte ich nur gelernt, die Angst besser zu verdrängen. Oder reizte mich gerade dein Hang zur sexuellen Abstinenz, den ich für einen Ausdruck von Neuorientierung, Heranreifen, Anderes-im-Kopf-Haben hielt? Jedenfalls wollte ich manchmal wieder und verließ mich darauf, daß du mich schon in der gewohnten Weise schützen würdest. Und wirklich, du hast mich nicht einmal zurückgewiesen, allerdings auch nie mehr von dir aus die Initiative ergriffen. – Ich nahm es nicht allzu schwer, denn es war etwas geschehen – und auch das wiederholte sich nicht, obwohl ich später mit System und bedeutend höheren Einsätzen spielte.

Denkst Du manchmal noch an meinen Lottogewinn? Daran, wie wir an einem Mittwoch im August Friede in einer Salatschüssel badeten und nebenbei der Fernseher lief? Wie mir, als die Nummern gezogen waren, der blöde Spruch vom Pech in der Liebe und dem Glück im Spiel über die Lippen kam und wie verdächtig wenig ich mich freute? Jetzt muß ich dir ja nicht mehr verheimlichen, was mir damals tatsächlich ausgezahlt wurde; nicht die bescheidene Summe von fünftausend in zehn Fünfhunderterscheinen, die ich am nächsten Vormittag vor deinen runden Augen auf den Tisch blätterte und eine Stunde später zur Bank brachte, sondern fast achtzehntausend. Ja, Harry, mit dem Löwenanteil von genau zwölftausend-siebenhundert Mark eröffnete ich ein Sparbuch, das ich, in Alufolie gewickelt, sorgsam versteckt hielt, gerade dort, wo ich die Blumenstandeinnahmen parkte und sonstige Gelder, die ich nicht im Portemonnaie, aber jederzeit greifbar haben wollte, hinter der Dusche, zwischen Kabinen- und Küchenwand.

Du hattest dein Geheimnis, ich hatte meins. Mach dich darüber lustig, nenn mich eine konfliktscheue Egoistin, doch die Kohle, und nur die, brachte mir, was ich brauchte, sie lenkte mich ab, tröstete und beruhigte mich. An sich hatte ich nichts davon ausgeben, sondern das ganze Geld beiseite legen wollen, für später, für den Fall, daß du spezielle, in Deutschland noch nicht erhältliche Medikamente, eine Kur oder Pflege benötigen würdest, und ebenso für mich, denn bis ich endlich den Mut aufbrachte, zum Test zu gehen, der laut Joe eh erst sechs Monate nach dem letzten »Risikokontakt sinnvoll« war, rechnete ich damit, eines Tages auch krank zu werden; soweit hätte ich es nicht kommen lassen, lieber vorher Gift genommen, aber selbst das gab es ja nicht legal, hätte also über dunkle Kanäle teuer beschafft werden müssen.

Der Zufall, diesmal als Glück verkleidet, richtete es ein wenig anders: Ich konnte mir erlauben, auf die Stütze zu verzichten, den Job als Lichtsetzer bei *Springer* oder sonstwo auszuschlagen; nur den Blumenhandel betrieb ich weiter, später sogar mal eine Zeitlang in eigener Regie. Und ja, ich fand Gefallen daran, einkaufen zu gehen, Klamotten und edle Delikatessen wie Kaviar, Trüffelöl, Foie gras, die ich in Mengen und alleine verputzte und die dafür sorgten, daß mir all die neuen Pullis, Jeans, Kleider und Dessous bald nicht mehr paßten; du wurdest dünner, und ich wurde immer dicker. Das wiederum berechtigte mich, erneut zuzuschlagen. Wie im Rausch blätterte ich Kataloge durch, bestellte Kissen, Bettwäsche, Porzellan, kleinere und größere Aufmerksamkeiten für dich: Lederjacken, Bademäntel, Schlafanzüge, Pantoffeln. Ich plünderte Warenhäuser und Boutiquen, manchmal im genaueren Sinne des Wortes; ich begann damit, irgendwelche Dinge einzustecken, weil das Ablenkung pur war, ein schwacher, doch für den Moment sehr wirksamer und auch noch ziemlich erregender Trost. Ich redete mir ein, dir gefallen, uns ein gemütliches Nest schaffen zu wollen, und wußte, daß dies nicht stimmte.

Ich gab, was dir nicht entgangen sein konnte, den Lottogewinn mit vollen Händen aus, und du nahmst meine Geschenke freudig an, machtest ja selbst gerne welche. Aber auch während jener relativ kurzen Phase, in der wir mich für reich hielten (und ich in Wirklichkeit noch viel reicher war), hast du nie nach Geld gefragt, dir nur einmal einen Hunderter geliehen, den du mir schon zwei Tage später zurückgabst, junkietypisch gefaltet, einmal längs, einmal quer. Das hätte jeden anderen auf den Gedanken gebracht, daß du womöglich wieder dealtest, mich nicht; denn all die jetzt so prahlerisch klingenden Kenntnisse, etwa über den speziellen Umgang mit Geldscheinen, über Nachtschweiß, eingeschränkten Appetit und vermindertes sexuelles Verlangen erwarb ich erst im Laufe der Zeit.

Der Sonntag, an dem du meine Küche gestrichen hattest, ging mit einem Streit zu Ende, unserem ersten größeren Streit, den ich vom Zaune brach. Ich stellte dich vor die Alternative, sagte, daß ich mich über die weißen Wände freue, daß du mich aber trotzdem hättest fragen sollen und daß ich meinen Schlüssel wiederhaben wolle, bis auch ich einen von dir hätte; sowie ich den in Händen hielte, bekämst du meinen zurück.

Spätestens an jenem Abend hätte uns beiden klar sein müssen, wie sehr ich dir schon mißtraute, und auch du hättest Grund gehabt, an meiner Aufrichtigkeit zu zweifeln. – Weil ich natürlich darauf spekulierte, daß du mir niemals ungehinderten Zugang zu deiner Bude gewähren würdest, und genau diese, von dir eingeführte und eisern verteidigte Konspiration ermöglichte mir jetzt meine.

Am Montag vormittag erwachte ich allein. Auf dem Kühlschrank lag mein zweiter Schlüssel, daneben dein Zettel: »Erpressung ist scheiße. Gruß Harry.«

Wir sahen uns nur noch zwei-, dreimal die Woche; du warst unterwegs, ich war unterwegs. Ich legte mir weitere Laster zu, gut essen gehen, verreisen; Paris, Rom, London. Ich bot dir an, mich zu begleiten, doch du wolltest nicht und schobst vor, dich, solange ich nicht da wäre, um Friede kümmern zu müssen. Und bei dir, in der Emser Straße, hauchte sie dann auch ihr kurzes Rattenleben aus, unsere süße Friede. Du sagtest, daß du mit ihr noch beim Tierarzt gewesen wärst, daß sie so etwas Ähnliches wie die Staupe gehabt und Antibiotika bekommen hätte. Sie sei in deinen Händen gestorben, »ohne jede Angst, friedlich, wie eine echte El-Friede«.

Vom Rest der Kohle, es waren immerhin noch etwa siebentausend Mark, kaufte ich mich im Jahr zwei nach dir in einen Blumenkiosk ein. Johanna, eine gelernte Floristin, auf deren Annonce ich geantwortet hatte, und ich, wir teilten uns die Arbeit in dem kleinen Laden am Ku'damm

Ecke Uhlandstraße, zwei Tage Johanna, drei Tage ich. Sie fuhr zum Großmarkt, ich machte die Buchführung – und 96 waren wir pleite; Freundschaft zu Ende, Knete weg, Konkurs am Hals, Schulden, Sozialhilfe ... Egal, damit will ich dich nicht weiter behelligen.

Dann kam jener Sonntag Ende September, an dem ein alter *R12* auf Franzens Stand zurollte. Ich sprang erschrocken zur Seite, denn im ersten Moment sah es so aus, als wolle irgendein Besoffener im Übermut unser ganzes Blüh- und Grünzeug breitfahren. Aber knapp vor den Blumeneimern stoppte das Auto, die Tür ging auf, ein lachender Mann hielt seinen Kopf ins Freie und nahm sich die Sonnenbrille ab; dieser Mann warst du.

»Na, Soja, nun bist du baff«, riefst du und eiltest mir entgegen und hieltest mir ein Dokument unter die Nase. Ich beäugte das beidseitig bedruckte, in der Mitte gefalzte grüngraue Wachspapierrechteck gründlich von vorn und hinten – und ja, mit deinem vorschriftsmäßig seitlich geriffelten und gelochten Paßfoto, den blauen Stempeln und den zwei originalen Unterschriften sah es aus wie ein richtiger, angeblich am achten April 1983 ausgestellter »Pol 2935-Führerschein-Bundesdruckerei Bln 1. 82« der Klasse drei.

Harry, sagte ich, wie ist es möglich? Zu der Zeit warst du doch in Tegel. Seit wann dürfen einschlägig wegen diverser Verstöße gegen das Betäubungsmittelgesetz Verurteilte die Pappe machen? Was soll das nun wieder? Und woher kommt der alte *Renault*?

»Vertrau mir«, meintest du, »fahren kann ich. Und der Lappen sieht doch super aus, oder? Mit dem nimmt mich kein Bulle hoch. Die Karre hat mir Tarik überlassen, spottbillig. Ist auch nur fürs erste, bis ich was Besseres finde.«

Ich hatte noch nicht Feierabend, deshalb gingst du wieder, »eine Kleinigkeit erledigen«. Eine Stunde später warst du zurück und chauffiertest mich nach Hause, auf Umwegen, damit ich mich, wie du sagtest, davon überzeugen konnte, daß du »am Steuer richtig gut« seist. Dein Arm ruhte lässig im Rahmen des heruntergekurbelten Fensters, die warme Abendluft zauste meine Locken, das Autoradio lief, auf der Kantstraße waren die Lichter angegangen; ich wollte das alles schön finden, schaffte es aber nicht. Ich weinte leise, und dazu tönte aus dem Radio, als hätte ich es bestellt, ein Liedchen, das ich nur dieses eine Mal gehört und trotzdem nicht vergessen habe. »Auto kaput / in einer Minut. // Rast auf mich zu / saublöde Kuh. / Kam Polizei / alles vorbei. / Führerscheinpapier / gehört nich mehr mir. // Auto kaput / in einer Minut ...«, sang ein Türke in diesem putzigen Deutsch und mit monoton melancholischer Stimme.

Ich fragte dich, ob Elmar Kling hinter der Pappe stecke. Du gabst bloß zur Antwort, ich solle »die Flennerei lassen« und mir keine »unnützen Sorgen machen«. Die Vorstellung, daß du nun mobil warst, daß es noch schwerer würde, dich zu kontrollieren, quälte mich. Dein Lappen, so überzeugend er aussah, konnte nur gefälscht sein, und was du gerade tatest, war ganz sicher kriminell. Ich schloß die Augen und sah dich mit Dope vollgepumpt im Karatedress, neben dir dieser Tarik, auf den Rücksitzen die Klingsbrüder, durch eine mir unbekannte, regennasse, nächtliche Stadt brausen; Martinshörner jaulten, Schüsse knallten ... Harry, sagte ich kleinlaut, könnten wir nicht noch irgendwo einen Schluck nehmen?

Wir landeten in einem Lokal namens *Weltlaterne*. Du bestelltest nur Limonade, weil du mich ja, wie du sagtest, »heil abliefern, dann aber weiter« müßtest. Ich kapierte, daß ich die Nacht ohne dich verbringen würde, und betrank mich aufs gründlichste.

Einige Tage später verschwandest du tatsächlich, für volle vierzehn Tage. Ich war besorgt, doch nicht erstaunt, denn ich hatte mit so etwas gerechnet. Oder hattest du gar davon gesprochen an dem Abend in der *Weltlaterne*? Ich ließ mehrmals täglich dein Telefon klingeln und fragte mich, was ich tun, wo ich dich suchen sollte, wenn du nicht bald zurückkämst. Aber dann, am Freitag nachmittag der zweiten Oktoberwoche, riefst du an, sagtest putzmunter, du seist »mit einem alten Freund in Hamburg, die große Freiheit schnuppern«. Als ich dir Vorwürfe machte, wissen wollte, wann wir uns wiedersehen, meintest du, dein »Klimpergeld« sei gleich alle, du würdest jetzt »Schluß machen«. Die Worte *Klimpergeld* und *Schluß machen* hallten in meinen Ohren lange nach; ich hätte platzen mögen vor hilfloser Wut.

Eben habe ich mir deinen Führerschein noch einmal angeschaut, mich daran erinnert, wie ich ihn, drei Jahre nachdem er, zusammen mit deinem Heft, deinem Reisepaß und noch ein paar Sachen, in meine Obhut gefallen war, einem Expolizisten zeigte, der einen Stock unter mir wohnte, doch längst woandershin gezogen und womöglich auch schon gestorben ist. Ich sagte dem alten Knacker, er hieß Karl Klawitter, daß dieses Dokument einem Freund gehöre und daß ich nicht genau wüßte, ob damit alles in Ordnung sei. Der Hauptwachtmeister a. D. stand ein wenig verwundert in seiner Tür, vermutete vielleicht, ich sei mal wieder betrunken und wolle ihn bloß auf den Arm nehmen, fühlte sich dann aber wohl geschmeichelt; er drückte sich die Brille gegen die Nasenwurzel und betrachtete das Dokument mit der gebotenen Sorgfalt. Lächelnd, die Rechte an einen imaginären Mützenschirm hebend, als habe er soeben eine Verkehrskontrolle durchgeführt und nichts zu beanstanden, händigte er mir deinen Führerschein schließlich wieder aus und sprach dabei die Worte: »Kein Zweifel, der ist echt. So echt wie Sie oder ich.«

Eigentlich schade, Harry, daß ich mit deinem »grauen Lappen« nie etwas anfangen konnte; zumal es mir ja nicht vergönnt war, selber einen zu machen.

XVI

Dann kam der Tag, an dem sich nochmals vieles änderte, aber nichts besser wurde – und auch nicht so, wie meine hysterische Phantasie es mir ausgemalt hatte. Was wirklich geschah, war banaler und ... entsetzlicher, schrecklicher, fürchterlicher? Ich weiß kein Wort dafür; alle, die ich kenne, sind stumpf und blind, abgenutzte Suppenlöffel.

Weihnachten und Silvester, Anlässe, die weder dir noch mir viel bedeuteten, waren vergangen; wir schrieben das Jahr 1988. Du ließest dich wieder öfter bei mir blicken; sicher nicht aus neu erwachter Liebe, sondern einfach, weil deine Parterrehöhle eiskalt und nun selbst dir zu dunkel war.

Doch an jenem Freitag Mitte Januar wartete ich, obwohl wir verabredet gewesen waren, vergeblich auf dich. Es schneite, hatte schon gestern sehr viel geschneit und ich, bis es mir endlich mal gelungen war, dich zu erreichen, fleißig bei dir angerufen. Deine von Hustenanfällen unterbrochene Stimme hatte heiser geklungen, als du sagtest, das Getriebe deines Autos sei hin, deine Wasserleitung eingefroren, deine Laune im Keller. Komm doch, Harry, ich mach dir auch Brühnudeln, hatte ich dich gelockt, und spöttisch hinzugefügt: Oder willst du lieber ne Wärmflasche? »Geht leider nicht. Aber morgen gegen acht bin ich bei dir, Baby«, hattest du geantwortet und noch mal gehustet und dann aufgelegt.

Es war Freitag und acht Uhr längst vorüber; die Brühnudeln standen seit Stunden neben dem Herd, sogen sich voll mit der selbstgemachten Rindsbouillon, wurden immer weicher, breiter, blasser, quollen unaufhaltsam dem Rand meines größten Suppentopfes entgegen. Ich ließ dein Telefon klingeln, um neun, um zehn, um elf, um zwölf; du hobst nicht ab. Ich war eine Weile wütend und fragte mich, als die Wut der Angst wich und ich mir allerlei vorstellte, Unfall, Festnahme, Flucht, Überdosis, ob du deine Bude vielleicht doch schon verlassen hattest und irgendwo, irgendwie unterwegs warst, womöglich mit deinem kaputten Auto, auf glatten Straßen, durch den seit dem Morgen pausenlos fallenden Schnee. Oder mit der U-Bahn? Dann müßtest du in der nächsten halben Stunde eintreffen, und ich konnte meinen Mantel nehmen, dich abfangen auf dem halben Kilometer bis zum Bahnhof. Doch was, wenn du anriefst, während ich die Turmstraße entlanglief? Ich schrieb zwei Zettel, klebte einen an die Wohnungs- und einen an die Haustür und machte mich auf die Socken. Die letzte U9 aus deiner Richtung, die einzige, in der du noch sitzen konntest, kam halb eins. Ich blickte jedem, der mir begegnete, ins Gesicht; das heißt, ich versuchte es, aber der Flockenwirbel war so dicht, daß ich am liebsten laut gefragt hätte: Und du? Bist du etwa Harry? Durchgefroren und mit tränenden Augen erreichte ich den U-Bahnhof Turmstraße, sprang die Stufen hinunter, stellte mich ans Gleis, sah den letzten Zug einfahren, Menschen aussteigen; du warst nicht dabei. Ich rannte die Treppen wieder hoch, winkte einem Taxi, ließ es zu meinem Haus fahren und warten, stürzte auf den Hof, schaute nach, ob das Flurlicht brannte, ging, da alles finster war, zurück an die Haustür, ergänzte die dort klebende Notiz um den Satz: *Bin unterwegs zu dir!*, kroch in das mollig warme Taxi, nannte dem Fahrer deine Adresse. Wir fuhren langsam und entsprechend lange, kamen an zwei verbeulten, von Polizisten und Sanitätern umringten Autos vorbei, redeten kaum ein Wort miteinander, denn ich durfte nicht rauchen.

Weil das Tor zu deinem Hinterhof ja niemals verschlossen war, versuchte ich gar nicht erst, an deiner Wohnungstür zu läuten, sondern lief gleich vor deine beiden Fenster, durch die kein Lichtschimmer fiel und die ich in jener Nacht sicher eingeschlagen hätte, wenn du nicht doch noch auf mein Klopfen und Rufen reagiert und deine Handflächen gegen die Scheibe gelegt und kurz dein, wie ich hoffte, nur von der Dunkelheit geisterhaft entstelltes Gesicht gezeigt und mir schließlich geöffnet hättest, nicht deine Wohnungstür, sondern eins deiner Fenster. Ich ging davon aus, daß du mir hineinhelfen würdest; aber als nichts dergleichen geschah, ich dich nicht einmal mehr sah, erklomm ich den Sims, blieb mit dem Mantel hängen, riß mich los, plumpste auf deinen Küchenfußboden, rappelte mich hoch, machte Licht, trat mit verhaltenem Atem ins Zimmer und an deine Matratze. Da lagst du, unter drei Decken, vollständig eingemummelt. Ich sank neben dir in die Knie, rief deinen Namen, zerrte die Decken etwas zurück, erblickte dein glühendes, verquollenes Gesicht und, da du mich einen Moment wie von weit her anstarrtest, deine glasigen, stark geröteten Augen. Ich legte dir meine Linke auf die Stirn. Du stöhntest, wohl weil meine Hand so kalt war; kaum zu sagen, ob du erschrakst oder Linderung empfandest. Ich tastete nach deiner Halsschlagader; deine Lider zuckten, dein dick verpackter Körper erschauerte. Du hattest hohes Fieber und mehrere T-Shirts und mindestens drei bis auf den obersten durchnäßte Pullover an. Mensch, Harry, sagte ich, was ist denn? Deine einzige Antwort war Zähneklappern, gefolgt von Stöhnen, trockenem Husten, dem glücklosen Versuch, dir die Decken wieder über den Kopf zu ziehen. Ich ging zurück in die Küche, schloß das Fenster, schaute mich um. Womöglich hattest du, als du noch einigermaßen bei Kräften gewesen warst, aus der Apotheke ein paar harmlose Medikamente besorgt, Aspirin, Hustensaft, vielleicht sogar ein Fieberthermometer. Ich entdeckte nichts Derartiges, griff mir das linnene, leidlich saubere Geschirrtuch, das ich in zwei Teile reißen, mit kaltem Wasser tränken und um deine Waden wickeln wollte; da fiel mein Blick auf den Bretterstapel, auf die beiden dort noch immer an der Wand lehnenden Geschenksets. Vor dem einen stand eine Dose *Citrat*, vor dem anderen ein Kerzenstummel, neben dem ein auseinandergefaltetes, leeres Stück Butterbrotpapier lag und vor diesem wiederum ein verbogener Löffel, in dem eine Schicht bräunlich verfärbter Watte klebte. Diesen denkwürdigen Augenblick, in dem deine Utensilien, die du offenbar nicht mehr hattest wegräumen können, meine letzten mühsam gehätschelten Zweifel restlos beseitigten, erlebte ich fast als Befreiung: Ich war eingeweiht, mit einem Bein dabei.

Hinter der Klotür hing noch ein Handtuch, das ich auch befeuchtete und zusammenrollte, um es auf deine Stirn zu legen, denn die Geschenksets mochte ich ohne deine Erlaubnis nicht plündern. Ich kam mit den drei

Lappen und einem Eimer voll Wasser wieder ins Zimmer und versuchte, deine Waden zu entblößen. Doch du zappeltest, stöhntest, zogst die Füße bis zum Hintern hoch. Die nasse Frotteewurst wolltest du schon gar nicht ertragen. »Laß den Scheiß«, stöhntest du, »mir ist kalt genug. Komm lieber her und wanz dich an.«

Also streifte ich meinen Mantel ab, kroch zu dir unter die Decken, wo es wie in der Sauna war. Ich staunte, daß einem Menschen so viel Flüssigkeit entweichen kann, und flüsterte: Du bist krank, wir sollten einen Arzt rufen. Aber vielleicht brauchst du vorher noch was? Wahrhaftig, Harry, wenn du mich gefragt hättest, ob ich es mache, ich hätte in diesem einen Moment, später sicher nicht mehr, nach deiner Anleitung den Stoff gekocht, die Spritze aufgezogen und dir das Zeug intravenös injiziert, und nicht nur, weil ich mal Hilfsschwester war und sowieso eine Affinität zu Doktorspielen hatte.

»Nichts mehr da. Eggi liefert erst morgen. Und bloß keinen Arzt, bitte, Baby.« Deine Antwort kam dumpf und stoßweise, dein Atem klang, als würde ein Sparschwein geschüttelt.

Irgendwann schliefst du, dich von einer Seite zur anderen werfend, dann wieder ruhiger, bis auf das Rasseln in deiner Brust. Ich schlief wohl auch ein wenig, wurde aber wach, weil du im Fieber phantasiertest. »Ich bin der Bär András von Újpesti Dózsa«, hauchtest du inbrünstig. Ich hätte beinahe gelacht, weil diese Worte, die du mehrmals wiederholtest, überhaupt und erst recht aus deinem Munde so komisch klangen und ich damals noch nicht wußte, daß Újpesti Dózsa ein ungarischer Fußballclub der fünfziger und sechziger Jahre gewesen war; und nie habe ich ermitteln können, ob es bei denen jemals einen András gegeben hatte. Doch daß du zu jener Morgenstunde keinem Wesen weniger glichst als einem Bären, das sah ich.

Ein wenig später verlorst du das Bewußtsein; was immer ich versuchte, du warst nicht mehr ansprechbar, nur heiß, womöglich noch heißer als zuvor. Da ich ernsthaft – und, wie sich herausstellte, zu Recht – um dein Leben fürchtete, wählte ich die Nummer des Notrufs.

Bis ich dem Bereitschaftsarzt, einem jungen Afrikaner oder Afroamerikaner, endlich die Tür öffnen durfte, verging keine Stunde. Er sah mir erstaunlich teilnahmsvoll ins verheulte Gesicht, sagte »Sie brauchen aber auch was zur Beruhigung«, ignorierte den Stuhl, den ich an dein Lager gerückt hatte, und hockte sich neben dich. Er schaute zu mir hoch, denn auf dem von ihm verschmähten Stuhl saß nun ich. »Das ist eine akute Lungenentzündung«, meinte er und entnahm seinem Koffer ein Stethoskop. Er bat mich, ihm behilflich zu sein, und gemeinsam entkleideten wir deinen willenlosen Körper so gut es ging. Er horchte dich ab, blickte, als er damit fertig war, wieder kurz zu mir, fragte: »Junkie?«

Ich nickte, sagte dann mit fester Stimme, als sei ich nur hier, um diesem Arzt zu assistieren: Ja, opiatabhängig seit vielen Jahren, außerdem Hepatitis B und C und HIV-positiv.

Im Blick des Arztes glomm ein Fünkchen Begeisterung. »Oh, die Kombination hatten wir noch nicht oft. Ihnen ist klar, daß er sofort in die Klinik muß? Geben Sie mir bitte seinen Paß und seine Versicherungskarte und packen Sie das Wichtigste zusammen.«

Das Wichtigste, fragte ich, für einen Junkie?

Der Arzt schaute mich ein wenig irritiert an, dann verstand er, sagte: »Ach, *das* meinen Sie. Machen Sie sich deshalb keine Sorgen, Ihr Freund kommt zu uns ins Urban-Krankenhaus. Aber einen Kulturbeutel wird er trotzdem brauchen.« Das Wort *Kulturbeutel* brachte er nicht ganz so flüssig über die Lippen; er merkte es und lachte ein bißchen. Ich lachte auch, doch wohl mehr aus Erleichterung, denn dieser Arzt würde dafür sorgen, daß es dir bald wieder besserging. Ich legte etwas Unterwäsche, Rasierzeug, Zahnbürste und -creme sowie deine Papiere in deine Sporttasche und äußerte den Wunsch mitzufahren. Das, sagte der junge Arzt mit einem bedauernden Augenaufschlag, sei nur nahen Angehörigen erlaubt. »Und ihr seid doch nicht verheiratet. Oder? Kopf hoch, Sie können ihn sicher bald besuchen. Hier ist eine Tablette für Sie. Und dies ist meine Karte.« Er reichte mir beides und zuletzt sogar seine Hand.

Dann luden dich die Fahrer des Rettungswagens auf eine Rollbahre, bedeckten dich mit einem Laken und einer auf einer Seite wollenen, auf der anderen glänzenden Folie. Ich nahm deine Schlüssel, begleitete eure Prozession bis an die Tür des weiß-roten Kleinbusses, der gleich hinter deinem *R12* stand, küßte deine glühenden, rissigen Lippen, sah, wie sich hinter dir die Ladeklappen schlossen, ihr mit Blaulicht die Emser Straße hinabbraustet und nach links in die Hermannstraße einbogt, stand allein in der Dunkelheit, bis das Martinshorn nicht mehr zu hören war.

Es schneite, es war fünf Uhr früh – und ich so erledigt, daß ich nicht nach Hause fuhr, sondern in deine

Bude zurückging und wie tot auf deine Matratze sank. An diesem Morgen, Harry, begann der Abschied von dir.

Eine ganze Woche wurdest du auf der Intensivstation behandelt; erst am folgenden Montag durfte ich zu dir. Du lagst in einem Einzelzimmer der Abteilung für Infektionskrankheiten. Die Oberschwester, bei der sich jeder Stationsfremde melden mußte, verlangte, daß ich mir eine sterile grüne Haube überstülpte und einen ebensolchen Kittel anzog. Derart entstellt betrat ich deine Zelle, denn nichts anderes war der schmale Raum, durch dessen kleines, hohes Kippfenster immerhin etwas Tageslicht auf dich hinabfiel und das mir, wenn ich dein Bett bestiegen und mich so lang wie möglich gemacht hätte, den Blick über die kahlen Wipfel der Essigbäume im Hof gewährt hätte.

Du warst wieder blaß wie immer, vielleicht auch ein wenig gelb. Halb lagst, halb saßest du; dein Rücken lehnte am angewinkelten, von der Matratze und dem Laken nicht zu dick abgepolsterten Lattenrost. Unter deinem rechten Schlüsselbein war mit Heftpflaster eine starke Kanüle befestigt, durch die eine Infusion in dich hineinlief, die du, nachdem du mich mit den Worten »na, mein kleines grünes Ungeheuer« begrüßt hattest, als deine »Nähr-, Heil- und Trostlösung« bezeichnetest, weil da auch etwas drin sei, das dich am »Ausrasten« hindere; ich wußte nicht, ob du wußtest, wie gut ich wußte, was du damit andeuten wolltest. Ich hatte dir eine Flasche Kirschsaft, drei deiner Fantasyschinken und von den beiden Frotteesets der Klingsbrüder das hellblaue mitgebracht. »Und, Baby«, sagtest du, »wo sind die Blümchen? Oder warst du am Wochenende nicht bei Franz?«

Ich hätte nicht genau begründen können, warum, aber du kamst mir verändert vor, so, als verstündest du nicht ganz, was geschehen war. Dein aufgekratzt-kindisches Gehabe befremdete mich; ich saß mit gesenktem Kopf an deinem Bett, schwieg und sah dich erst wieder an, als ich spürte, daß du mich ansahst. Deine Pupillen waren schwarz und tief wie Löcher; dein Blick lockte nicht, hatte dennoch etwas Anziehendes, ja, Magnetisches. Es war, wie soll ich es beschreiben, als schaute ich nicht in deine Augen, sondern in saugende Trichter. »Soja, du bist wie die meisten«, sagtest du, »starke Männer machen dich schwach, aber schwache, die machen dich stark. Und stark sein willst du doch, oder?«

In dem Moment öffnete sich knarrend die Tür; eine Schwester trat zwischen uns, rief »Entschuldigung«, stellte ein Tablett mit einem Schälchen Brei, zwei Zwiebacksscheiben und einem Pott Tee auf deinem Nachtschränkchen ab. »Dann wollen wir mal schnell«, sagte sie, streifte sich ein Paar sehr dünner, hautfarbener Gummihandschuhe über, derart routiniert, daß mir unwillkürlich die Wörter Kondom und Hure in den Sinn kamen, lüpfte deine Bettdecke, meinte »bleiben Sie mal bitte so«, nahm aus einer Porzellanschale, die eine andere, plötzlich hinter ihr stehende Schwester in Händen hielt, eine fertig aufgezogene Spritze und drückte deren Inhalt in den rechten oberen Quadranten deiner linken Pobacke. Während sie mit einem Mullquadrat über die Einstichstelle rieb, zwinkerte sie mir schelmisch zu und sagte: »Das ist das Schöne an Leuten wie Ihrem Harry, die freuen sich wenigstens, wenn's piekt.«

Die freche Schwester ermahnte mich noch, »ja nicht zu lange zu bleiben«, und wünschte uns einen guten Abend. Du sagtest »jetzt geben sie ne Weile Ruhe«, strecktest mir die Arme entgegen und strahltest mich an, als wärst du nicht eben noch ganz ernst gewesen, als wären die Worte, die du wenige Minuten zuvor gesprochen hattest und die ich, wie ich dir soeben bewies, bis heute behalten habe, nie gefallen. »Komm doch her«, batest du, wieder mit dieser kleinen, fast kindlichen Stimme, »leg dich zu mir, bis ich eingeschlafen bin, nur kurz. Dein Haary ist schon ganz müde.«

Ich zögerte, spürte zum ersten Mal, seit ich dich kannte, einen Anflug von Ekel. Ich schob es auf den Geruch, den du verströmtest – oder die bläuliche Flüssigkeit, die unaufhörlich in dich einsickerte, dich mit der nabelschnurartigen Plastikpipeline verband und mit diesem weichen, leise gluckernden, an einem galgenähnlichen Gestell hängenden Beutel, der schon – oder noch? – ein Teil deines Organismus zu sein schien. Aber ich überwand mich und kam zu dir. Du trugst eins dieser blöden, hinten offenen Hemdchen; ich schob meine Hand drunter, fühlte deinen festen, warmen, gleichmäßig atmenden Bauch und war augenblicklich so beruhigt, daß ich beinahe auch eingeschlafen wäre.

Wie ich vor meinem nächsten Besuch vom behandelnden Arzt erfuhr, hattest du eine atypische Lungenentzündung, genauer eine Pneumocystis carinii Pneumonie, und eine Pilzinfektion, die er Mykobakteriose nannte; die Zahl deiner T-Helferzellen lag bei knapp 600 pro Mikroliter Blut, und deine Leber schrumpfte. Wie sieht es aus für Harry, wenn die akuten Symptome erst mal abgeklungen sind, fragte ich.

»Für ihn? Nicht wirklich gut. Aber sehr interessant für uns«, antwortete lächelnd dein Arzt.

XVII

»Eines Morgens in aller Frühe«, wie es im Partisanenlied heißt, weckte mich Sturmklingeln; es war noch stockfinster, in dem Fenstersegment mir gegenüber keine Sterne, kein Mond. Und wenn ich, seit du im Krankenhaus lagst, nicht ohnehin schlechter als sonst geschlafen und an jenem Morgen nicht auch noch schlecht geträumt hätte oder wenn ich gar nicht dagewesen wäre, wer weiß, was dann passiert wäre.

Sie mußten schon eine Weile Krach gemacht haben, denn ich kann mich daran erinnern, daß in meinem Traum schwarze Sommernacht herrschte und daß wir beide durstig und zerlumpt an einem südlichen Strand saßen. Nichts als die Brandung war zu hören und das noch viel lautere Zirpen der Zikaden. Einige dieser Insekten flogen dicht an unseren Köpfen vorbei; ihre Flügelschläge verursachten Luftwirbel, die unsere Gesichter kühlten, was bedrohlich und doch angenehm war, weil vom Meer seltsamerweise nicht die kleinste Brise herüberwehte. Und eine Zikade kam direkt auf uns zu, und für ein paar Sekunden sah ich uns tausendfach gespiegelt in riesigen, fluoreszierenden Facettenaugen, im linken dich, im rechten mich ... Aber schließlich sickerte mir ins Bewußtsein, daß die Geräuschintervalle nicht von irgendwelchen Monsterzikaden, sondern von meiner Klingel herrührten, also schlüpfte ich in meinen Bademantel, tappte barfuß zur Tür. Die draußen hatten wohl etwas bemerkt, jedenfalls aufgehört, das Knöpfchen zu martern, doch ihr Gewisper und die gespannte Atmosphäre hätten mich, wenn ich schon ganz bei Sinnen gewesen wäre, sicher gewarnt, mir signalisiert: Deiner harrt nichts Gutes.

Was ist los? rief ich.

»Nun beeilen Sie sich mal«, schrillte eine Frauenstimme zurück, »wir haben einen Rohrbruch!«

Noch immer benommen, machte ich mir Licht, hakte die Kette aus, öffnete – und starrte in drei Pistolenläufe. Neben der Polizistin, die mich mit der Rohrbruchfinte geleimt hatte, standen zwei ihrer Kollegen, einer in Zivil und einer in Uniform, die wie die Frau ihre Waffen auf mich gerichtet hielten, und hinter denen noch vier weitere Uniformierte mit Schlagstöcken. Ich hatte keine Zeit, mich an das Bild zu gewöhnen, denn drei der Polizisten stürmten an mir vorbei, und der Zivile drängte mich in den Flur, packte meinen Arm, dann meinen Nacken, so, daß ich mich umdrehen mußte, und sprach: »Gehen Sie. Vermeiden Sie jede plötzliche Bewegung.« Als er mich an der Wand hatte, kam das Kommando: »Beine auseinander und Hände über den Kopf!« Er befingerte mich von oben bis unten, insbesondere die Taschen meines Bademantels, schob dessen Ärmel zurück, betrachtete meine makellosen Armbeugen, verstaute seine Pistole in dem Schulterhalfter unter seinem Anorak und griff wieder nach meinem Genick. Ich war zu verblüfft, um etwas zu sagen oder zu fragen.

Im Zimmer angekommen, ließ ich mich auf meine noch warme Matratze fallen; der Zivilpolizist, dessen Hand in meinem Nacken klebte, als spielten wir Polonaise oder das Märchen von der goldenen Gans, setzte sich neben mich, streckte ächzend seine Beine von sich und knurrte: »So ist das mit eurer Sorte. Immer haust ihr entweder ganz unten oder ganz oben, aber vernünftige Betten habt ihr nie.«

Die blonde, etwas rundliche Polizistin und zwei von den anderen filzten mein Zimmer. Sie kramten in Schubladen, dem Nähkästchen, der Keksschachtel, durchwühlten die Kommode und den Kleiderschrank, stülpten Hosen-, Jacken-, Handtaschen um, schauten hinter die Ofentüren, fuhren prüfend über Buchrücken, zogen Kissen und Steppdecken aus der Bettwäsche und befühlten sie – Zentimeter für Zentimeter, so sorgsam, wie manche Frauen ihre Brüste nach eventuell vorhandenen Knoten abtasten.

Irgendwann fand ich die Sprache wieder: Zeigen Sie mir gefälligst Ihre Dienstmarken und den Durchsuchungsbefehl. Und was hoffen Sie eigentlich zu finden?

Die Polizistin antwortete knapp: »Durchsuchungsbefehl? Brauchen wir nicht, bei Gefahr im Verzug.«

Ihr ziviler Kollege, der meinen Nacken nun doch mal losließ, meinte: »Nicht Sie stellen hier die Fragen, erst einmal haben wir welche. Kommen Sie, wir setzen uns an den Tisch, ist auch besser fürs Protokoll.«

Ich hörte die anderen Polizisten in Küche und Kammer rumoren und sagte bissig: Na, prima. Da kann ich uns allen ja gleich noch ne schöne Kanne Kaffee kochen, falls Ihre Genossen die Tüte nicht ausgekippt und das Pulver über den Fußboden verstreut haben.

»Genossen ist gut«, sagte mein Bewacher, »und Tüten auch. Doch jetzt mal zur Sache. Woher kannten Sie den Herrn Rademacher?«

Rademacher? Ich hatte keine Ahnung, von wem der sprach.

»Benno Rademacher«, setzte er nach, »nun tun Sie nicht dümmer, als Sie sind, Sie welkes Blumenkind aus dem nahen Osten. Wir haben bei der Leiche des Rademacher, Benno ein Notizbuch gefunden, in dem steht Ihr Name mit Adresse und Telefonnummer.«

Ich war wie vor den Kopf geschlagen, und so guckte ich wohl auch. Dann dämmerte mir, welcher Benno gemeint sein könnte; doch nur jener, der, als wir einander zum ersten Mal begegneten, bei dir gewesen war und den Sonntag drauf mit uns Spargel gegessen hatte. Dieser Benno oder Ben, wie du ihn genannt hattest, der war jetzt also tot, und mit Nachnamen hatte er Rademacher geheißen. Ich erinnerte mich an sein dichtes, krauses Haar, seinen Silberohrring, die etwas vorlaute und zugleich devote Art, in der er sich als dein treuer Freund gebärdet hatte, hütete mich aber, mir etwas anmerken zu lassen, denn ich spürte, wie scharf der Mann mein Mienenspiel beobachtete, und traute ihm ohne weiteres zu, daß er erkennen würde, ob ich log oder nicht.

Ja, da war mal einer, der Benno hieß, sagte ich leise. Das ist eine Ewigkeit her. Ich traf ihn zufällig auf der Straße. Und seinen Familiennamen, wie sagten Sie, Rademacher, den erwähnte er, glaube ich, gar nicht. Er wäre der Benno, und basta. Aber warum soll er tot sein? Und was habe ich damit zu tun?

»Irrelevant«, schnauzte der Zivile, von dem ich mittlerweile vermutete, daß er ein Kriminalkommissar sei, »reden Sie weiter.«

Nichts weiter, blaffte ich zurück, wir waren zusammen Kakao trinken, und dann habe ich ihm, wohl um ihn endlich loszuwerden, meine Koordinaten auf eine Serviette gekritzelt, leider die richtigen, weil ich sonst hätte überlegen müssen, und das hätte ihn stutzig gemacht. Da der Kommissar nicht nach dir gefragt hatte, verschwieg ich, daß du dabeigewesen warst, ja, daß ich diesen Kontakt keinem anderen als dir verdankte; aber im stillen wunderte ich mich schon.

»Ach so«, höhnte mein Gegenüber, »Sie wollten ihn loswerden. Deshalb haben Sie haarklein aufgeschrieben, unter welcher Nummer der Rademacher Sie erreicht und wo er Sie findet, falls Sie mal wieder die Telefonrechnung nicht bezahlen konnten. Klingt logisch, oder?«

Inzwischen hatten die Polizistin und ihre beiden Kollegen die Suche in meinem Zimmer beendet, und die drei übrigen kamen zurück aus Küche, Flur und Kammer. Sie schüttelten kaum merklich die Köpfe; nur einer präsentierte dem Kommissar grinsend mein Sparbuch. Der blätterte darin herum und sagte: »Hübsches Sümmchen. So was will natürlich gut versteckt sein.«

Mir schwoll nun doch der Kamm. Welch ein Schwachsinn, rief ich, von meinem Stuhl auffahrend, das ist ein stinknormaler Lottogewinn, den Sie sicher auch gerne hätten, und der langt sogar für die nächsten Telefonrechnungen. Ich kann's beweisen. Wenn Sie bitte nachschauen wollen, in dem Sparbuch liegt noch die Bescheinigung der *Deutschen Klassenlotterie*. Außerdem habe ich immer nur was abgehoben, nichts eingezahlt.

»Okay«, meinte mein Vernehmer, »das war's für heute. Bitte bestätigen Sie uns auf diesem Protokoll hier, daß wir nichts gefunden, nichts beschädigt und nichts mitgenommen haben. Eine Kopie verbleibt bei Ihnen. Ich rate Ihnen, legen Sie das Papierchen nicht zu weit weg und glauben Sie nicht, Sie wären schon raus aus der Partie.«

Ich unterschreibe gar nichts, sagte ich. Erst mal sehen, ob Ihre Genossen den Zucker wieder in die Zuckerdose und das Mehl wieder in die Mehlbüchse gefüllt und überhaupt alles so verlassen haben, wie es gewesen ist.

Kammer und Küche waren picobello; sie hatten sogar den Tisch abgewischt und drei benutzte Gläser in die Spüle gestellt. Ich signierte den Wisch, geleitete die Korona zur Tür, legte die Kette vor, ging in mein Zimmer zurück, rauchte eine Zigarette. Dann duschte ich schnell, zog mich an, schob mein Sparbuch unter einen Stapel Schallplatten, nahm den Beutel mit dem Schlafanzug, den ich dir bei *Karstadt* gekauft hatte, und schloß dreimal hinter mir ab.

Ich öffnete, ohne daß ich vorher angeklopft hätte, die Tür zu deiner Krankenzelle, blieb aber auf der Schwelle stehen und sagte, ehe du etwas sagen konntest, Harry, dein Freund Benno ist tot. Dabei beobachtete ich dich, so, wie mich dieser Kommissar beobachtet hatte.

»Benno?« – Dein Blick und deine Stimme kamen wieder mal von weit her: »Ben ist tot?«

Ja, antwortete ich, die Polizei war heute da, in Sechsmützenstärke, der siebente trug Halbglatze. Ich drückte hinter mir die Tür zu, setzte mich an dein Bett, erzählte, was geschehen war, wenngleich nicht ganz so ausführlich, und die Sache mit dem Sparbuch unterschlug ich komplett.

Aber warum das alles, fragte ich dich. Warum mußten die meine ganze Bude umgraben?

»Ja, was werden die wohl gesucht haben?!« Du schautest mich an, als hätte ich zu wenig Schaum in der Waffel. »Deinen Bunker natürlich. Das waren die von der Drogenfahndung, du Eichhörnchen! Du standest mit Name, Adresse und Telefon in dem Merkheftchen von einem stadtbekannten Junkie der ersten Stunde, den sie tot aus irgendeinem Klo gezottelt haben, die Pumpe noch im Arm. Da kommen sie doch gucken, ob du Kundschaft warst oder ob er die Zutaten für seine Letzte Ölung von dir hatte.«

Du glaubst also, sagte ich, daß Benno an einer Überdosis gestorben ist? Woher willst du das wissen? Vielleicht wurde er ja ermordet?

»Quatsch«, sagtest du, »wer sollte Benno ermorden? Kein Mensch bringt Junkies um, das machen die schon selber. War einfach zu gierig, unser Ben, konnte sein Kronenchakra nie voll genug kriegen.«

Du lächeltest undurchsichtig, und mir fiel ein, richtiger auf, daß von Benno, seit jenem Sonntag, an dem du bei mir geblieben warst, nur noch zweimal die Rede gewesen war, und beide Male hatte ich nach ihm gefragt. Und an dem Abend mit den Klingsbrüdern, die Benno ebenfalls gekannt haben mußten, waren die Namen vieler Knastkumpels gefallen, doch seiner nicht.

Klar, sagte ich, du weißt Bescheid, dir sind sie ja nicht auf die Pelle gerückt. Aber warum eigentlich nicht? Stehst du etwa nicht in Bennos Notizheft?

»Wozu denn, du Schaf?« sagtest du. »Als mein persönlicher Sekretär Ben deine Daten in sein Heft übertrug, weil du uns eingeladen hattest und ich auf jeden Fall kommen wollte und so eine Papierserviette schnell mal verlorengeht, war meine letzte Adresse noch identisch mit seiner, und die wußte er auswendig. Und in der Nacht, du erinnerst dich, verschwand er und war seitdem wie vom Erdboden verschluckt.«

Harry, fragte ich, war Benno wirklich dein Freund?

»Ach, Mausepuppe«, sagtest du, »ich habe doch gar keine Freunde, nur eine Freundin, und die legt sich jetzt zu mir ins Bettchen.«

Auf dem Heimweg ging ich bei einem Rechtsanwalt vorbei, den ich, nachdem die Bullenmeute weg gewesen war, im Telefonbuch gefunden und angerufen hatte. Ich zeigte dem Anwalt die Kopie des von mir und – absolut unleserlich – auch von dem Kommissar unterzeichneten Durchsuchungsprotokolls. »Lassen Sie den Wisch hier. Ich kümmere mich darum. Die werden Sie nicht noch einmal belästigen«, sagte der Herr Raabe.

So kam es; ich hörte nie mehr von diesem Kommissar des Drogendezernats oder der Mordkommission oder welcher Spezialeinheit auch immer; und dich, ob ich das nun verstehe oder nicht, hatten sie ja gar nicht erst im Visier gehabt.

Am vierundzwanzigsten Februar, eine Woche vor meinem zweiundvierzigsten Geburtstag, wurdest du aus dem Klinikum am Urban entlassen, mit ziemlich klarer Prognose. Die Zahl deiner T-Helferzellen sei, sagte dein Arzt, wieder leicht gestiegen, die Krankheit aber »unverkennbar und irreversibel« ausgebrochen. Allerdings mache ihm deine »von jahrelanger chronischer Hepatitis massiv geschädigte Leber fast noch mehr Sorgen«. Er habe dich in die Ambulanz überwiesen, auf die »Dringlichkeitsliste eines geplanten Substitutionsprogramms für Schwerstabhängige« setzen lassen und dir »in Erwägung« deiner »voraussichtlich eher geringen Lebenserwartung« empfohlen, Invalidenrente zu beantragen. Du warst, als ich den Arzt vor dem Schwesternzimmer abfing und ihn nötigte, mir Auskunft zu geben, gerade unterwegs in die Röntgenabteilung; aber ich bin sicher, er wird dir gegenüber ebenso deutlich gewesen sein. Trotzdem verriet ich dir nicht, daß ich ihn zur Rede gestellt und alles erfahren hatte. – In der U-Bahn fragte ich dich zaghaft, wie es nun weiterginge. Du knurrtest bloß »wie es kommt, kommt es«; du hättest »keine Lust, über den ganzen Mist zu palavern«, weder mit mir noch mit sonstwem.

Durch die Emser Straße, die so verlassen aussah, als nage – seit selbst die Neuköllner Köter lieber hinterm Ofen bleiben und nicht mehr mit ihr spielen wollten – nur noch der Zahn der Zeit an ihr, wehte, kaum daß wir in sie eingebogen waren, eisig der Wind. »Wird regnen«, sagtest du. Gib mir Feuer, sagte ich; und du stelltest deine Sporttasche ab, um im Schutze deiner Jacke ein Streichholz zu entzünden. Ein paar hartgefrorene Häufchen alten rußschwarzen, von Hunde- und Menschenpisse gelb marmorierten Schnees säumten den Bürgersteig, und du zogst ein fröhliches Gesicht, weil du gleich auf deinem »Sofa sitzen und ne schöne Platte hören« würdest. Doch mir graute vor deinem Loch und ebenso vor dem, was du *wie es kommt, kommt es* genannt hattest.

XVIII

Ach, Harry; du fingst genau da wieder an, wo du von der Lungenentzündung unterbrochen worden warst, und mit genau dem: Dope & Dealen. Wie sonst hättest du dir den *Ford Granada* leisten können, diesen »super Spritfresser«, den der »super Tarik« Ende April für dich beschaffte? Dauernd fuhrst du mit den Klingsbrüdern und Lila durch die Gegend, besuchtest aber gelegentlich auch mich, brachtest, was du vorher nicht getan hattest, meist Kuchen mit – und deine rührenden kleinen Geschenke, Buddhafiguren aus Ton, Porzellanpferde, ein bißchen Schmuck, vermutlich Hehlerware. Du warst so gierig, wie du es dem toten Benno unterstellt hattest, deine Pupillen immer Stecknadelköpfe, dein Blick unstet, dein Schlaf komatisch. »Warum«, sagtest du, »willst du mich wieder von der Reling kotzen sehen, gerade jetzt, wo ich sowieso bald substituiert werde?«

Und tatsächlich, sie »integrierten« dich als einen der ersten HIV-positiven Berliner Junkies in ihr neues Methadon-Programm, weil du die »Kriterien« erfülltest, genauer bereits »das Vollbild zeigtest«. An sich solltest du nach und nach »runterdosiert« werden, dich, wie du es mir erklärtest, aus der Abhängigkeit vom Methadon, das ja nur eine auf andere Art hochwirksame Ersatzdroge war, »allmählich rausschleichen«, doch praktisch bestimmtest du deinen »Bedarf« und warst dabei so großzügig, daß für manch »armes Schwein, ohne Connections zum Staat, auch noch ein paar Tröpfchen übrigblieben«.

Du mußtest jeden Morgen bei deinem Hausarzt erscheinen und vor den Augen einer Schwester dein Becherchen austrinken, aber freitags bekamst du deine – immer sehr reichlich bemessene – Wochenendration im Schraubgläschen mit nach Hause. Sonstige »Medikamente« gegen die Krankheit, die es damals eh kaum gab, wolltest du nicht, es sei denn, du hättest »was Akutes«. Auf »Metha« fühltest du dich, solange du ausschließlich das nahmst, »völlig schlaff«, matter und lustloser als je auf Heroin. Also machtest du den »Nebenkonsum«, der sich »so pö a pö ergeben hatte, weil Metha pur absolut trostlos« war, wieder zum Hauptkonsum, stiegst aus dem Programm aus, fingst dir die nächste Pneumonie ein und landetest wieder »bei Urbans«, für den ganzen heißen August.

In dem Moabiter Mietshaus, in dem ich bis heute wohne, war etwas frei geworden, Zimmer, Küche, Klo, dreißig Quadratmeter, zweiter Stock links. Ich saß auf deiner Klinikbettkante, flehte dich an, deinem Emser Loch doch bitte adé zu sagen und dorthin umzuziehen. »Damit du mich wieder unter deiner Fuchtel hast«, stöhntest du. Dünn und schlapp warst du geworden, ähneltest aber noch immer meinem Harry. Dein Arzt, der, den wir schon kannten, kurierte dich so gut es ging. Ich bürgte für dich bei der *Meyerschen Grundbesitz-Gesellschaft*, zahlte wieder die Kaution, weißte mit Marc die Wände, organisierte mit Frank ein Leihauto und den Transport deiner wenigen Sachen. Du kamst wieder nach Hause und machtest wieder genau da weiter, wo du aufgehört hattest – bis du »kaum mehr kriechen« konntest, deine »Geschäfte schleifen« ließest und mich »um zwei Scheinchen« batest, für »die allerletzten zehn Gramm Dope und bißchen *Codein* und *Rohypnol* zum Runterkommen«. Wenngleich du dich »uralt« fühltest, seiest du »nicht deine Oma«; du hättest nicht die Absicht, »demnächst ins Gras zu beißen«, zumal man das ja auch rauchen könne. So habe es angefangen, und nun müßtest du dich eben »wie die gefiederten Zitronen« (du meintest wohl Kanarienvögel) mit Hanf begnügen, »bis old Hein die Sichel wetzt und den Haary niedermäht – und alle Halme, die gelben und die grünen, die schwachen und die starken. Das ist dem piepegal«, sagtest du lächelnd; je weniger Grund es dafür gab, um so mehr lächeltest du. Du sperrtest hinter dem Bretterholz, von dem dir Frank drei Stapel spendiert hatte und das »irgendwann Bett, Tisch und Regal« werden sollte, deine neue Wohnung zu; ich überließ meine auf vorerst unbegrenzte Zeit einer Freundin, die frisch aus dem Osten gekommen war, und mietete über Clara ein Häuschen im Wendland, das eine ihrer Genossinnen, eine Freiburgerin namens Ilona Eisschädel, zu Anti-AKW-Kampfzeiten einem verängstigten Bauern abgekauft hatte, jedoch nur selten nutzte. Es lag, für unsere Zwecke ideal, an einem Waldpfad, die nächste Bushaltestelle fünfzehn Kilometer entfernt. Wir fuhren, samt den drei Koffern voll Fressalien, Zigaretten, Schnaps für mich, mit der Bahn und dann weiter im Taxi bis ans Gartentor. Soll ich dir von dem kalten Entzug erzählen?! Wie dreckig es dir ging, weiß keiner besser als du. Mich zerriß es fast vor Mitleid, obwohl ich sieben Tage lang deine verschissenen Bettlaken in einem Zinktrog sauberschrubbte; immerhin hörtest du nach acht Tagen auf zu toben und konntest am neunten einen Viertelliter Kamillentee trinken, ohne ihn gleich wieder auszuspucken. Nach zwanzig Tagen warst du über den Berg, nach vierzig reisten wir heim, und

Ende November 1988 wurdest du wieder rückfällig, dann wieder krank; diesmal so schwer, daß du dich nicht mehr erholtest. Weihnachten und Silvester, den Januar 1989 und den halben Februar verbrachtest du wieder im Urban; ein Karzinom hatte deine Leber befallen, du mußtest operiert, der, wie du meintest, »winzige« Tumor entfernt werden. Doch wegen deiner HIV-Erkrankung konnten sie dich anschließend weder bestrahlen noch den Strapazen einer Chemotherapie aussetzen. »Immerhin«, sagte dein Arzt, habe »sich die Zahl deiner T-Helferzellen ziemlich konstant bei etwa 500 pro Mikroliter Blut eingepegelt«, und du hättest ein »leistungsfähiges Herz«.

»Ich möchte nach Spanien. Nirgends ist es so schön wie auf Teneriffa. Ich sehe mich am Playa de Los Cristianos im feinen grauen Sand liegen, zusammengerollt wie eine Viper. Die Sonne brennt herab, und meine schuppige Haut, die dem Sand gleicht, trinkt sie. Ich bin allein, ringsum weder Feinde noch Beute. Ich muß mich nicht bewegen, nicht am Tag und nicht in der Nacht. Ich höre nichts, weder das Meer noch Schiffe oder Vögel, denn ich habe keine Ohren, kein Verlangen, außer dem nach Wärme. Mir kann es gar nicht warm genug sein und nicht still genug. Auch wenn die Sonne geht, ich bleibe liegen, grab mich vielleicht ein bißchen ein im Sand, der die Wärme lange hält. Aber die Sonne geht ja nicht, nur unter. Und morgen kommt sie wieder, und ich bin immer noch da.«

Deine kleine, helle Moabiter Wohnung, die ich mit Marc so schön gestrichen hatte, sahst du nie wieder. Sie transportierten dich von der Klinik aus in ein nagelneues, von mehreren sozialen Instanzen gemeinsam bewirtschaftetes Projekt für pflegebedürftig gewordene Opiatabhängige und die ersten Aidskranken. Da du beides warst, gehörtest du zu den Pionieren des *DIK;* und *DIK* war nichts anderes als die initialisierte Schreibweise von *Daheim im Kiez.*

Kiez, der Ausdruck ärgerte dich. Nie hätten Berliner ihre Gegenden Kietz genannt, und diese seltsame Brachlandschaft, in die es dich nun verschlagen habe, sei einem Kiez nicht ähnlicher als einem Kitz. Und damit hattest du verdammt recht. Ich entsinne mich genau meiner ersten Fahrt dorthin; wüst und leer war dieses Areal am Anhalter Bahnhof. Ich sprang, als der volle Bus nur für mich gehalten hatte, von dessen Trittbrett, im letzten Moment, weil ich nicht glauben wollte, daß ich hier richtig sei, schaute mich um und dachte: wie kurz nach dem Krieg; die Bahnhofsruine, ein Stück lückenhafte Stresemannstraße, der eingerüstete Martin-Gropius-Bau und, einen Steinwurf weiter, die Mauer, die von der Westberliner Seite aus nirgends sonst einen derart nackten Anblick bot. Dazwischen verdorrtes Unkraut und ein paar noch ödere Flächen, über denen Tauben, Möwen, Krähen kreisten. Keine anderen Wesen ließen sich sehen, kein Hund, kein Mensch; nicht eine Seele, die ich fragen konnte, wo die Bernburger Straße sei. Aber schließlich fand ich sie allein, obwohl ich schon drei-, viermal an ihr vorbeigelaufen war, denn die Nummern 9 A, B und C der Bernburger Straße befanden sich nicht in der Bernburger, sondern in einem entkernten Hinterhof der Stresemannstraße.

Du hattest eines der drei Zimmer im zweiten Stock bekommen, ein gutes Zimmer mit einem großen Fenster, aus dem man außer dem Flachdach einer Garage auch die nahe Kirche, das angrenzende Baugrundstück und weiter entfernt ein anscheinend ungenutztes Bürogebäude aus der Nazizeit sehen konnte. Doch du sahst das alles nicht, denn das neue Metallbett, das offenbar zum Inventar des ansonsten noch leeren Raumes gehörte, stand mit dem Kopfende unter dem Fenster, genauer zwischen diesem und der linken von vier zartblau getönten Wänden.

»Da ist ja mein Bärchen«, sagtest du leise, als ich eintrat. – Von jenem Tage an nanntest du mich nur noch Bärchen und nie mehr Baby. Ich fragte nicht, wie es dir ginge, das sah ich ja, sondern setzte mich neben dich auf das Bett, in dem du wenigstens nicht lagst. Du trugst einen häßlichen weinroten Trainingsanzug, der dir viel zu groß war.

Aus Armeebeständen, fragte ich.

»Soldat Krüger meldet sich zurück vom Frühsport. Darf er vielleicht noch fünfzig Kniebeugen machen?« sagtest du lächelnd.

Wir besprachen, welche von deinen Sachen du brauchen würdest und welche erst einmal nicht. Du wolltest deine Kleidung, »aber nur die schicken Teile«, und vor allem den Bademantel, außerdem den Sony-Plattenspieler und die Platten, Straßen-, Turn- und Hausschuhe, deine Fantasyromane, deinen Rasierapparat.

Und Möbel, fragte ich ein wenig vorwurfsvoll, was ist mit Möbeln? Oder soll ich dir Franks Bretter herkarren lassen?

»Die haben hier so einiges, Schränke, Tische, Stühle, alles gespendet und fast neu«, sagtest du.

Und Julis Plüschsofa, fragte ich mit geheucheltem Entsetzen.

»Das kann wieder da hin, wo ich es herhatte, auf den Sperrmüll«, gabst du lächelnd zur Antwort.

Und deine Wohnung, soll ich die nun abmelden, fragte ich weiter.

»Ich denke schon«, sagtest du und hörtest endlich auf zu lächeln. Du schriebst mir noch eine Bankvollmacht, erklärtest, der Leiter des Projekts, ein gewisser Sören, hätte auch eine. Ich solle mich also nicht sorgen. Falls ich dir dein Geld mal nicht gleich bringen könnte, müßtest du nicht verhungern. »Bin müde«, flüstertest du mir ins Ohr und rolltest dich an die Wand. Ich verstand. Du wolltest, daß ich mich zu dir lege; es war schon ein Ritual.

Wir schwiegen eine Weile, du streicheltest meinen Arm, ich dein feuchtes Haar. Dann fragte ich: Wenn du jetzt einen Wunsch frei hättest, nur einen einzigen, was würdest du dir wünschen?

»Zehn Wünsche«, sagtest du, ohne mit der Wimper zu zucken.

Darauf ich, wie zu einem Kind: Gut, dann eben einfacher. Fehlt dir etwas? Hast du irgendeinen halbwegs normalen Wunsch, den ich dir erfüllen könnte?

»Ja«, sagtest du nach einer Pause, »eine Pistole.«

Ich fuhr hoch und sah dich groß an. Die von der Drogenfahndung haben leider keine bei mir vergessen, versuchte ich zu scherzen, wurde aber gleich wieder ernst: Und selbst wenn, ich wüßte gar nicht, wo ich so ein Ding auftreiben sollte. Und glaubst du etwa, ich laufe da draußen rum und frage mich jede Minute, ob du noch lebst oder ob du dich schon erschossen hast, mit meinem Geschenk?

»Stimmt, das ist ein Problem«, sagtest du, nun wieder lächelnd. »Meine Kontakte sind auch nicht mehr das, was sie waren. Und vielleicht hätte ich ja nicht mal mehr die Kraft, den Abzughahn zu spannen. Trotzdem, Bärchen, denk darüber nach. Du mußt mir die Kanone nicht schenken, ich kann bezahlen.«

Ach, Harry, du ahnst nicht, wie oft ich tatsächlich darüber nachgedacht, mich gefragt habe, was dir erspart geblieben wäre, wenn ich meine Feigheit bezwungen und die Pistole besorgt hätte.

Ich hatte mir vorgenommen, dich mindestens einmal die Woche zu besuchen, aber ich schaffte es nicht. Nicht, weil ich keine Zeit gehabt hätte oder weil du mir gleichgültig geworden wärst, sondern, weil du mir das Herz brachst; eine andere Metapher wäre vielleicht weniger kitschig, doch auch weniger wahr. Jedesmal, wenn ich sah, wie du mich dort, in dieser nett hergerichteten Pension für Todkranke, lächelnd erwartetest, wie du mir, im Trainings- oder Schlafanzug, je nachdem, ob es dir etwas besser oder etwas schlechter ging, die Arme entgegenstrecktest und »da bist du ja, mein Bärchen« riefst, kamen mir die Tränen – und meistens konnte ich sie nicht aufhalten. – Und du zogst mich an deine Brust und sagtest tröstend, »nun sei nicht traurig, dein Haary ist bei dir« oder etwas Ähnliches.

Hätten mich der Verfall deiner Schönheit und das Schwinden deiner physischen Kräfte womöglich nicht so geängstigt, wenn die Abstände von einem Besuch zum nächsten kleiner gewesen wären? Und wäre ich öfter gekommen und hätte diese Veränderungen nicht plötzlich, sondern allmählicher wahrgenommen, ich hätte nichts gewonnen, jedenfalls nicht dich zurück. Von dem Harry, den ich liebte und noch liebe, hatte und habe ich ein ganz bestimmtes inneres Bild, das kein späteres überblenden oder gar verdrängen kann. Nur an diesem Bild maß ich, was ich sah. Ich fühlte mich wie ein Zollbeamter, der von einem alten Paßbild auf und in das – jenem Foto längst nicht mehr ähnliche – Gesicht der vor ihm stehenden Gestalt blickt und doch erkennt, ob es sich bei dem im Ausweis und dem Fünfzigjährigen, der gerade ein Flugzeug verlassen hat, um denselben Menschen handelt oder eben nicht. Dein Bild klebte (und klebt) in meinem Gedächtnis. Ich sah, daß du Harry warst, aber im Unterschied zu einem Zöllner erschrak ich jedesmal wieder und mehr, weil deine wirkliche Erscheinung diesem Bild immer weniger entsprach.

»Wenn es das geben würde, hätte ich gerne eine heißblütige Schlange, die müßte immer bei mir sein. Und orangegelbe Übergardinen wären ganz phantastisch, obwohl es die ja geben könnte. Ich liege da, wärme mich an meiner Schlange, und durch diese Vorhänge fällt das Licht. Jeden Tag ist es so, als ob die Sonne scheint, egal, was die da draußen für ein Mistwetter haben.«

Ich kam, wenn ich mich stark genug fühlte oder wenn du anriefst und mich, ohne daß deine Stimme jemals auch nur im entferntesten vorwurfsvoll geklungen hätte, fragtest, wo ich denn bliebe; beides wurde mit der Zeit seltener. Ich saß dann an deinem Bett, erkundigte mich nach dem Einerlei deines Alltags und danach, was du brauchen könntest. Manchmal hattest du keine Wünsche, außer dem einen, der unser Ritual war, manchmal hattest du doch welche. Du wolltest deinen Karatedress, »eine Zitrone zum Schnuppern«, meinen roten Bademantel, »aber nicht frisch gewaschen«, ein Stofftier, wenn möglich einen Tiger oder einen Affen, eine Portion Brühnudeln, eine Kohlroulade, ein Vanilleeis und »sonnengelbe Vorhänge«; auf die Pistole kamst du nie mehr zurück. Bei meinem jeweils nächsten Besuch brachte ich dir das beim jeweils letzten Bestellte. Oft konntest du dich gar nicht daran erinnern, daß du dieses oder jenes verlangt hattest, zogst dennoch ein erfreutes Gesicht und lobtest mich für die »schöne Überraschung«. Aber die gelben Vorhänge, die ich gemeinsam mit deinem Lieblingspfleger Wolfgang an deinem Fenster befestigte, die gefielen dir wirklich; und seit ich dein Heft gelesen habe, weiß ich, warum.

Ich blieb selten länger als eine Stunde, auch weil du von Mal zu Mal einsilbiger wurdest; du hattest »von dir aus« kaum mehr das Bedürfnis, dich mitzuteilen, warst, wie du es ausdrücktest, »in Gedanken versunken«. Und wenn ich dich fragte, was für Gedanken das wären, lächeltest du und sagtest »keine Ahnung«. Außerdem hattest du im September aufgehört zu rauchen. »Es bekommt mir einfach nicht mehr. Ein Zug, schon belle ich los wie ein Kettenhund. Manchmal rauche ich noch im Traum und erwache schweißgebadet, davon, daß mir kotzübel ist. Sogar das Fernsehen habe ich mir abgewöhnt, weil vor unserer einzigen Glotze wie ein Autokinodauerparker Jogi in seinem Rollstuhl sitzt und eine nach der anderen pafft«, sagtest du; es war einer deiner besseren Tage, einer, an dem du sprachst.

Also verließ ich, wenn ich rauchen wollte, und wann wollte ich das nicht, dein Zimmer und ging entweder zu diesem Jogi in den »Clubraum« oder, falls der gerade Dienst hatte, zu deinem Lieblingspfleger Wolfgang. Mit Wolfgang ließ sich gut reden; er mochte dich, nannte dich einen »Grande Senior«. Von Wolfgang erfuhr ich, wie es wirklich um dich stand. Er meinte, du hättest nicht nur ein starkes Herz, sondern auch einen starken Charakter. Es hänge viel davon ab, ob du noch eine Weile bereit wärst, die Schmerzen, die du schon hättest und die nur schlimmer würden, zu ertragen. Das sei ja die »verflixte Crux« mit euch Junkies, man könne eure Leiden kaum lindern. »Menschen wie du oder ich«, sagte Wolfgang, »bekämen in seiner Situation Opiate, und alles wäre easy. Aber bei Harry, der ja nach wie vor substituiert wird, seit einiger Zeit mit Polamidon, das weniger deprimierende Nebenwirkungen hat als Methadon, kann Morphium nicht wirken, nicht einmal in höchster Konzentration. Womit, wenn nicht mit Morphium, dem besten uns bekannten Analgetikum, nimmt man einem lebenslänglichen Morphinisten die Schmerzen? Das ist doch die Frage, die wir uns hier jeden Tag stellen.«

Ich nickte und hielt Wolfgang meine *Camel*-Packung hin. Was meinst du, sagte ich während wir rauchten, sollte ich Harry demnächst einen kleinen Fernsehapparat und eine Zimmerantenne mitbringen?

»Klar«, antwortete Wolfgang, »warum nicht? Solange er noch sehen kann, ist Ablenkung sicher gut für ihn.«

XIX

»Ich brauche einen Schornsteinfeger, einen Feuerleger
und einen Beschwerdebriefbeschwerer.
Mondäne Dämonen ...«

Dann kam jener Novembertag, an dem die Ostberliner
die Mauer einrannten. Die Ereignisse hatten mich, wie
wohl die meisten Deutschen, doch allemal uns Berliner
beider Stadthälften, völlig überrumpelt, und die folgenden zwei Wochen verbrachte ich im Ausnahmezustand.
Meine Moabiter Einzimmerwohnung glich dem »Nacht-
lager von Granada«; Freunde, die ich seit 86 nicht mehr
gesehen hatte, gaben einander die Klinke in die Hand.
Ich kann nicht behaupten, daß ich mich unbändig freute.
Mein einziges Privileg, das darin bestanden hatte, vor
dem jähen Ende des »antifaschistischen Schutzwalls«
in den Westen gegangen zu sein, fiel mit der Mauer. Ich
fühlte mich, als säße ich in einem Zug, und sämtliche
Bäume, an denen ich schon vorbeigefahren war, kämen
mir plötzlich wieder entgegen. Aber aufregend war es
schon; die Sekt-, Wein-, Bier- und Schnapsflaschen kreisten, und wer sich trotzdem nicht entblödete, nur Wasser
zu trinken, torkelte ebenso besoffen durch die Gegend
wie wir anderen. Während jener Tage, das mußt du mir
verzeihen, dachte ich kaum einmal an dich. Immerhin
schaffte ich es, am zwölften November – auf dem Weg
zum *Checkpoint Charlie* – kurz bei dir vorbeizuschauen.
Ich stürmte durch deine Tür, zwei *Piccolo* in den Händen.
Harry, rief ich, warum guckst du nicht wenigstens TV?

Es dauerte einen Moment, bis ich begriff, daß ich nicht mehr dort draußen, sondern ganz woanders war – und du auch. Deine Vorhänge waren geschlossen, und das Licht, das gelblich getönt in dein Zimmer fiel, mischte sich mit dem Hellblau der Wände zu einem dumpfen Bleigrau, während die wenigen Möbelstücke fast schwarz wirkten. Dein Zimmer sah aus wie ein Schwarzweißfoto, auf dem ein blaßorangefarbenes Rechteck klebte.

Du saßest unter der Bettdecke, die Fensterwand und drei Kissen im Rücken, und betrachtetest kopfschüttelnd den rechten deiner mageren Unterarme. Ich trat langsam näher, sagte: Hallo, Harry, ich bin's.

Du blicktest zu mir, sagtest »ach, Bärchen, ich versteh das nicht«, und schautest wieder deinen Arm an. Zeig mal her, sagte ich und sah nun auch die zwei roten Male, die irgendwie großflächigen Schürfwunden ähnelten, aber keine sein konnten. Wie mir Wolfgang später erklärte, verursachte ein Hautpilz, gegen den dein geschwächtes Immunsystem wehrlos war, diese Ekzeme, die du überall hättest, »an Bauch, Rücken, Beinen und – besonders unangenehm – im Genitalbereich«. Wir schauten nun beide auf deine Arme, schwiegen und hörten von draußen das Hämmern, die Rufe, die Hubschrauber, bis du heiser flüstertest: »Ich weiß, bei euch drüben zieht jetzt der Suffkopp Krenz die Strippen, und Honecker und die Zonengrenze sind weg, nur ich bin noch hier. Eigentlich hatte ich geplant, daß auch mal ein Westberliner an der Mauer stirbt, doch das scheint ja nun nicht mehr zu klappen. Schlechtes Timing – von euch oder mir.«

Du verfielst wieder in Schweigen, und ich brach in Tränen aus. Ich lag an deiner Brust und weinte, deinetwegen und meinetwegen, und weil ich mich ein bißchen in einen anderen verliebt hatte, und weil mir die Mauerspechte allmählich die Nerven zerpickten, und weil ich spürte, wie entsetzlich müde ich war. »Komm zu Haary«, sagtest du, und ich weinte mich an deiner Schulter in den Schlaf.

Als ich wieder wach wurde, schliefst du weiter, tief und fest. Es war später Abend; ich nahm meine Tasche, legte das Stück Mauer, das ich dir mitgebracht hatte, auf den Tisch und schloß deine Tür hinter mir.

Am elften November 1989 war mir Urs Maiwald begegnet, jener Schweizer, von dem ich dir in den wenigen Stunden, die wir noch miteinander verbringen durften, nichts erzählt hatte. Während des vergangenen Jahres und auch im letzten halben Jahr, als ich schon wußte, daß ich HIV-negativ war, hatte ich keinen Menschen, erst recht keinen Mann, näher an mich herangelassen. Doch zu Urs faßte ich Vertrauen; er war nicht so schön wie du, aber er hatte Charme und betrachtete den ganzen Trubel, in den er da unverhofft hineingeraten war, mit aufmerksam-spöttischer Distanz. Ich mochte seine sanfte Stimme, seine Zurückhaltung, seine Ehrlichkeit. Urs machte mir nichts vor, und er machte sich nicht viel aus Frauen. Er habe Frauen gern, sagte er, und wenn er eine richtig liebgewinne, könne er sogar mal mit ihr »ins Bett gehen«. Urs war drei Jahre älter als ich und von Beruf Gärtner. Seine, wie er sagte, »schon sehr verbrauchten« Eltern hatten in Allschwil, am südwestlichen Rand von Basel, ein paar Hektar Land; Obstplantage, Gewächshäuser, Pferdekoppel. Sie verkauften, was sie ernteten, Äpfel, Birnen, Pflaumen, an die nahen Geschäfte und Schnapsbrennereien und handelten mit diversen exotischen Pflanzen, die sie unter den Glasdächern kultivierten. Urs meinte, ich solle ihn heiraten, damit seine Eltern sich endlich »einigermaßen froh zur Ruhe setzen und ihrem einzigen, nun glücklich von der Homosexualität geheilten Sohn den Betrieb übereignen könnten«. Unser Deal war klar – und vorteilhaft für beide: Er wollte das Allschwiler Kleinunternehmen, eine »sympathische Gefährtin, die etwas Ahnung von der Materie« hatte, und eine Arbeitskraft, für die er, weil sie seine Ehefrau war, keine Lohnsteuer zahlen mußte. Und ich wollte mich nicht von meiner Ostvergangenheit einholen lassen, sondern viel lieber einen Schweizer Paß, und sicher, Harry, wollte ich auch mehr Distanz zu dir, wenngleich ich das nicht einmal mir selbst eingestanden hätte.

Ich habe es, als ich dich kurz vor meiner Abreise noch einmal besuchte, nicht fertiggebracht, dir zu sagen, daß ich Berlin verlassen, weggehen würde, in ein anderes Land. Ich sagte, ich brauchte Urlaub und führe über den Jahreswechsel für drei, vier Wochen in die Schweiz. Ich glaubte wirklich, daß ich wenigstens alle zwei Monate nach Berlin käme; deshalb hatte ich meine Wohnung nicht auf-, sondern weitergegeben an jene Freundin, der ich sie, während wir beide im Wendland gewesen waren, schon einmal untervermietet hatte.

Du fühltest dich an diesem Tag, es war kurz vor Weihnachten, und ich hatte dir einen großen, nicht sehr teddyähnlichen Plüschbären mitgebracht, ziemlich mies.

»Denk nicht, Bärchen, daß der Dicke hier dich ersetzen könnte. Und nun hab eine schöne Zeit, halt dich grade und vergiß den Haary nicht«, sagtest du.

Wir umarmten uns, und ich ging. Bei den Pflegern, Wolfgang war leider nicht da, hinterließ ich meine Schweizer Adresse und meine Telefonnummer sowie reichlich Kaffee, Konfekt, ein Fläschchen Kognak und – für den Fall, daß du etwas benötigen würdest – zweihundert Mark in bar, die ich von meinem, nicht von deinem Konto abgehoben hatte. Ich bat sie, mich unbedingt anzurufen, wenn es dir schlechter ginge oder überraschend irgendein Problem auftauche. Sie versprachen, mit mir »in Kontakt« zu bleiben, und ich war frei, frei für die Schweiz, doch nicht von dir; aber das wußte ich damals noch nicht.

XX

Leibhaftig, in Fleisch und Blut, wie meine Oma gesagt hätte, sah ich dich zum letzten Mal am dreißigsten Januar 1990. Ich war nach Berlin gekommen, weil ich für die bevorstehende Hochzeit mit Urs einige Papiere brauchte, ein Ehefähigkeitszeugnis, eine beglaubigte Kopie meiner Geburtsurkunde, das Dokument über meine »Entlassung aus der Staatsbürgerschaft der DDR«; und natürlich wollte ich dich auch besuchen.

Ich stieg U-Bahnhof Kochstraße aus, ging zu Fuß, sah mich um. Der Potsdamer Platz war noch nicht zur Kraterlandschaft geworden, die gespenstische Stille, die dort geherrscht hatte, noch nicht dem Baulärm gewichen; doch sie würde auch nicht zurückkehren, sowenig wie die Vögel und das Unkraut. Ich fragte mich, wer von uns zweien den sich ankündigenden enormen Veränderungen besser entzogen wäre, ich in Allschwil oder du hier, obwohl du ja mitten in der Keimzelle des Künftigen lagst. Ich war weggegangen, weil ich nicht zu Hause sein wollte, wenn sich beides auflöste, mein Ost- und unser Westberlin, hatte befürchtet, daß ich mich ebenso auflösen und womöglich verschwinden würde; da war ich lieber woandershin verschwunden. Fremd zu sein in der Schweiz fand ich normaler, als fremd zu werden in zwei Städten, die nicht bleiben konnten, was sie waren, und schon gar nicht wieder zu jener einen Stadt werden würden, die Berlin einst gewesen war, sondern etwas Neues, etwas, das noch keiner kannte und das mir, wenn es einmal fertig wäre, vielleicht gefiele; doch nicht jetzt, nicht am Anfang, der Chaos bedeutete, Abriß, Spekulation, Unsicherheit. Die meisten von uns »Aborigines«, egal, ob Ost-, West- oder Doppelberliner, das sah ich selbst aus der Ferne, fühlten sich während jener schwierigen Monate wie Asseln, die nach Asselart unter Steinen in einem verwilderten Garten gelebt hatten. Aber eine große Hand war gekommen, hatte die Steine fortgenommen, und nun irrten sie kopfscheu herum, die kleinen Wesen, oder stellten sich tot – und wünschten sich nur ihre Heimatsteine zurück; die Dunkelheit, die Ruhe, eben das, was sie gewohnt waren.

Du saßest vor deinem Minifernseher, löffeltest eine klare Brühe. Es schien dir viel besser zu gehen, und ich freute mich. Auch du strahltest mich an und legtest mir deine abgeheilten Arme um den Hals, dann erst hattest du einen Blick für die Geschenke übrig, die ich auf deinem Bett ausbreitete.

»So ein kleines Land und so große Schokoladentafeln«, nuscheltest du; deine Nase steckte in einem roten Kaschmirpullover, den ich dir vor die Brust hielt, um zu sehen, ob er paßte. Laß den Quatsch, sagte ich und tat, als wolle ich dir den Pullover wieder wegnehmen, doch du protestiertest lachend: »Nee, das ist meiner, der riecht so schön qualmig, wie du, Bärchen.«

Dann kamen die Nachrichten. Die ersten Bilder, die wir sahen, zeigten den Exstaatschef Erich Honecker, der am Vortag verhaftet worden war. Er stand, in Handschellen gelegt, zwischen zwei Polizisten, hatte einen Kaschmirmantel an und seine übliche Schapka auf und stierte trotzig, wenn nicht stolz, direkt in die Kamera. – Oder in deine Augen?

Denn mit dir ging eine seltsame Verwandlung vor; du legtest den Löffel, den du wieder zur Hand genommen hattest, wie in Trance neben die Schweizer Schokoladentafeln und erstarrtest. Ich schaute zwischen dir und dem Fernsehapparat hin und her. Und wahrhaftig, deine Augen füllten sich mit Tränen, ganz langsam, bis das Wasser die Barriere der Lidränder überwand und dir, Tropfen für Tropfen, die eingesunkenen Wangen hinablief. Du wischtest die Tränen nicht weg; du weintest, vollkommen lautlos. Noch nie hatte ich dich weinen sehen und wollte es kaum glauben. Die Bilder miteinander streitender Parlamentarier hatten die Honeckerbilder längst verdrängt; du weintest weiter. Ich griff nach deinem Arm. Harry, sagte ich, was ist denn bloß? Warum weinst du? Du schütteltest meine Hand ab, ließest dir aber ein *Tempo*-Tuch reichen.

»Kapierst du das nicht«, sagtest du – und blicktest mich nicht an, »den schmeißen sie wieder ins Loch. Dabei hat er schon zehn Jahre Knast hinter sich, genau wie ich. Ihm haben sie die ganze Jugend versaut, mir haben sie meine ganze Jugend versaut, er ist krank, ich bin es auch. Als er damals rauskam, gehörte die Macht seinesgleichen, und nach dem Spitzbart übernahm er die Führung. Hat mißtrauisch wie nur ein Knacki die Leute regiert und gewußt, ein paar von denen haben ihn ans Messer geliefert. Bloß, welche? Hat er eben vorsichtshalber alle eingesperrt, zur Strafe und aus Rache. Als sie mich endlich freiließen, mußte ich diese bescheuerte Therapie machen, doch wenn irgend jemand auf die Idee gekommen wäre, mir die Macht zu geben, ich hätte alles genauso gemacht wie er.«

Ich war, ob deiner seit zwei Jahren längsten und mir unbegreiflichsten Rede, zu verblüfft, um mit dir eine Diskussion anzufangen; außerdem hatte Wolfgang am Telefon von den Toxoplasmoseschüben erzählt, die du gehabt hättest. Womöglich, dachte ich, ist dein Verstand tatsächlich zu Schaden gekommen. Warum sonst konnte dich das Schicksal eines alten Knochens, der unsereins lange genug drangsaliert hatte, derart erregen? – Man würde diesen abgesägten Unbelehrbaren bald wieder laufenlassen, gerade weil er krank und hinfällig war, und den traurigen Rest seines Lebens würde er, wennschon nicht in Wandlitz, so doch im Schoße eines Rechtsstaates verbringen. – Nein, ich wußte damals noch nicht, daß sich der Maßstab, nach dem der Mensch urteilt, vor allem aus der Summe seiner ureigenen Erfahrungen ergibt; auch diese Erkenntnis verdanke ich dir. Anders als ich hattest du in dem gefesselten Honecker nicht den gestürzten Despoten gesehen, der für seine Taten nun endlich zur Verantwortung gezogen wird, sondern den Knastbruder, der zurück ins Gefängnis muß, dem also das widerfuhr, was ein ehemaliger Häftling offenbar mehr fürchtet als den Tod.

Du starbst am vierzehnten April 1990, zwei Tage nach deinem sechsunddreißigsten Geburtstag, um 21 Uhr 48.

Am zwölften April hatte ich, gepiesackt von meinem schlechten Gewissen, im *DIK* angerufen und dir gratulieren wollen. Zufällig oder nicht hatte Wolfgang den Hörer abgenommen. Nein, sagte er, ich könne dich jetzt nicht sprechen. Du wärst zu schwach, um aufzustehen. Deine

Leber sei in einem kritischen Zustand, du hättest wieder eine Lungenentzündung und Fieber, so hohes, daß dir sicher egal wäre, welcher Tag heute sei. Sie hätten erwogen, dich in die Klink einzuweisen, doch du hättest dich geweigert und euch dies auch schriftlich bestätigt; »keine lebensverlängernden Maßnahmen«. – »Komm her«, sagte Wolfgang, »es kann jetzt sehr schnell gehen.«

Wie lange noch, fragte ich.

»Ich wage keine Prognose, aber bald«, lautete seine Antwort.

Ich flog am fünfzehnten April nach Berlin und ließ mich von einem Taxi in die Bernburger Straße bringen. Dich hatte man schon »weggebracht«. Ich weinte, wollte wissen, wo Wolfgang sei und warum mich gestern niemand angerufen hätte. »Wolfgang?« sagte eine Pflegerin, die ich nicht kannte, mit kaum verhohlener Empörung: »Der hatte ein freies Wochenende, endlich mal.« Er sei auch noch nicht »informiert«, weil er erst morgen wiederkäme. Aber sowieso müsse ich mit Wolfgang sprechen, denn er habe »das Letzte mit Herrn Krüger abgemacht«. Sie jedenfalls sei neu, und sie habe gestern keinen Dienst gehabt, dich also nicht »begleitet«.

Am nächsten Tag übergab mir Wolfgang dein handschriftliches Testament, das mich zur »Universalerbin« bestimmte, und zwei volle Umzugskartons. »Schau nach, was du sofort haben willst. Das andere kann vorläufig hierbleiben. Ich hebe es für dich auf«, sagte er.

Als ich ihn bei einer Zigarette fragte, wer denn nun an deinem Bett gesessen hätte und mir schildern könnte, wie du gestorben bist, gab er zur Antwort: »Robert, auch ein

202

Neuer, ein Student, doch der kommt wohl nicht wieder. Zu mir sagte er heute morgen nach seiner Nachtwache, Harry sei unter Schmerzen, aber ohne Zaudern in den Styx gesprungen, ja, er habe sich dem Tod regelrecht in die Arme geworfen.«

Ich steckte dein Testament ein und schenkte Wolfgang oder dem *DIK* das wenige, das hier weiterhin gebraucht werden würde: deine gelben Vorhänge, den Plattenspieler, den Fernseher, die Bettwäsche. Er hatte gefragt; von selbst wäre mir das sicher nicht eingefallen.

Das, was ich 1990 nicht mitgenommen hatte, holte ich erst ein Jahr später ab, nachdem mich *DIK*-Chef Sören Arnold per Einschreiben dazu aufgefordert und mir angedroht hatte, die Sachen ansonsten zu vernichten. – In einem der beiden Umzugskartons lag ganz zuunterst auch dein Heft, das ich jedoch erst las, als ich endlich mal alles ausgepackt hatte.

Jahrelang wollte ich mit deinen Hinterlassenschaften nichts zu tun haben. Ich konnte mich nicht überwinden, die verblichenen Bildchen, die Dokumente mit deinen Paßfotos, Julis Kette, die Porzellanpferde, die Stofftiere, die *Doors*-Platten anzuschauen, deine Hemden, Hosen, Pullover, Bademäntel, Schlafanzüge … zu berühren und zu riechen.

Doch eines Tages kurz vor der Jahrtausendwende, ich war längst von Urs geschieden und schon seit 1992 wieder allein in meiner Moabiter Wohnung, wuchtete ich die Kartons vom Hängeboden, streifte meinen Bademantel ab, schlüpfte in deinen mottenzerfressenen roten Kaschmirpullover, setzte mich auf ein Kissen und fing an zu wühlen. Zuerst betrachtete ich die Fotos, die von dir als Kind, die von dir und den Klingsbrüdern, die von Friede in deinem Schoß, die von uns beiden vor dem Moabiter *Karstadt*-Warenhaus. Ich studierte jede Seite deines Reisepasses, deines Personalausweises, deines Facharbeiterbriefes, untersuchte – aufs neue erstaunt – deinen Führerschein, der selbst einem Expolizisten völlig unverdächtig gewesen war, und das Kunstlederetui, in dem deine Postbankkarte, zwei Zettelchen mit Telefonnummern, ein paar Briefmarken und eine aus irgendeinem Karateprospekt oder einem Kalender herausgerissene Weisheit steckten; *»Es gibt drei Wege, um klug zu werden: durch Nachdenken, das ist der Edelste, durch Nachahmung, das ist der Einfachste, durch Erfahrung, das ist der Bitterste.« (Konfuzius)*

Und schließlich zog ich aus einem kleinen, unter einer Lasche zwischen zwei Fächern verborgenen Schlitz, den ich erst gar nicht bemerkt hatte, zu meiner nicht geringen Überraschung noch einen Fünfhundertmarkschein, junkiespezifisch gefaltet, einmal quer, zweimal längs. Ich schaute auf den rotbraunen Schein, streichelte den Löwenzahn und die eines seiner Blätter fressende, wunderschöne Raupe des *Grauen Streckfußfalters,* dann das sanft lächelnde Gesicht der Maria Sibylla Merian und dachte daran, wie du einmal gesagt hattest, die Fünfhunderter seien dir die liebsten, nur für sie empfändest du »fast was Erotisches«. Ich weinte, schon die ganze Zeit, aber nun erst recht, und versunken in den Anblick der feenhaft zarten Wespe neben dem Porträt der Künstlerin, fragte ich mich, ob sie vielleicht ein Zeichen sei, und wenn ja, wofür.

Nichts Gravierendes ist mehr geschehen; mein Leben geht einfach weiter. Ich erledige, sowie sich eine Gelegenheit bietet, diesen oder jenen Job, koche mir abends eine Suppe und trinke eine Flasche Wein. Der Lottogewinn ist verbraucht, deine Soja auch. Ich habe es noch mit drei, vier Männern versucht und ihnen nicht nachgetrauert, als sie mich verließen, weil ich, wie der letzte sagte, »immer so abwesend und abweisend« sei. Mittlerweile beziehe ich Sozialhilfe und Wohngeld und mache keine Diäten mehr. Ich war dabei, mich aufzugeben, bis ich dein Heft las und entdeckte, daß ich ja mit dir reden, dir sogar schreiben kann. Vielleicht nehme ich irgendwann einmal deinen Fünfhunderter und finde heraus, was nun eigentlich dran ist an dem Zeug, das uns getrennt hatte, schon ehe der Tod es tat, und vor dem du mich bewahrt hattest wie vor der Infektion. Ich habe manches probiert, aber Dope noch nie. Und wenn ich, morgen oder übermorgen, erfahren sollte, daß ich Krebs hätte, nicht zu retten wäre, würde dein Schein wohl reichen für einen grandiosen Abschied. Bis dahin gucke ich unseren Film: Wir liegen auf den Matratzen, Kopf an Kopf, bewegen uns kaum, atmen flach. Deine Augen sind geschlossen, meine schauen hoch zum offenen Fenster ... Wir haben einander und Zeit; nichts sonst, doch davon ganz viel, obwohl es scheint, als existiere sie gar nicht mehr.

Katja Lange-Müller
Die Letzten

Aufzeichnungen aus Udo Posbichs Druckerei
Gebunden

Eine Frau und drei Männer am Rande der Gesellschaft, tickende Zeitbomben in Menschengestalt, bilden die Belegschaft von Udo Posbichs privater Druckerei im Ostberlin der 70er Jahre. Der erste Roman der Berliner Schriftstellerin Katja Lange-Müller ist ein Meisterwerk des lakonischen Humors und der sprachlichen Präzision.

»Katja Lange-Müller gelingt etwas, das mir als Vorhaben aussichtslos erschienen wäre: Ohne Überzeichnung oder Leidensmiene, dafür mit Genauigkeit und mit Teilnahme von einem vergangenen Beruf und Milieu zu erzählen und die Leser zwischen Lachen und Gänsehaut im Gleichgewicht zu halten.« *Ingo Schulze*

Kiepenheuer
&Witsch
www.kiwi-verlag.de

Katja Lange-Müller
Die Enten, die Frauen und die Wahrheit

Erzählungen
Gebunden

»Katja Lange-Müller ist eine Meisterin im Beobachten ... Ihre Erzählungen sind hochprozentige Aperitifs, die die Sinne angenehm vernebeln und den Appetit anregen.«
Berliner Zeitung

»Die Bachmann-Preisträgerin zeigt sich wieder einmal als genaue Beobachterin und berichtet auf ihre unnachahmliche Weise vom Leben in all seinen Facetten.« *dpa*

»Lassen Sie sich von Katja Lange-Müller mitnehmen auf ihre Ausflüge in das pralle Leben. Einfach ein schönes Buch.«
Neues Deutschland

Kiepenheuer & Witsch
www.kiwi-verlag.de

Katja Lange-Müller
Verfrühte Tierliebe

Gebunden

Ein Buch über die Einsamkeit des Erwachsenwerdens, über
Macht und Ohnmacht zwischen Männern und Frauen, aber
auch über ein Land, das es seit 1989 nicht mehr gibt.

Kiepenheuer
& Witsch   www.kiwi-verlag.de